아으 동동

도서출판
작가마을

아으 동동

초판인쇄 | 2017년 10월 20일 **초판발행** | 2017년 10월 31일
지은이 | 유병근 **주간** | 배재경 **펴낸이** | 배재도 **펴낸곳** | 도서출판 작가마을
등록 | 2002년 8월 29일(제 2002-000012호)
주소 | 부산광역시 중구 대청로 141번길 15-1 대륙빌딩 301호
T. 051)248-4145, 2598 F. 051)248-0723 E. seepoet@hanmail.net

국립중앙도서관 출판예정도서목록(CIP)

아으 동동 : 유병근 수필집 / 지은이: 유병근. — 부산 : 작가마을, 2017
p. ;   cm. — (작가마을 수필선 ; 01)

ISBN 979-11-5606-085-7 03810 : ₩12000

한국 현대 수필[韓國現代隨筆]
814.62-KDC6
895.744-DDC23   CIP2017029667

아으 동동

유병근 수필집

■■■ 자서

부질없는 말의 씨알과

나뭇잎을 쓰다듬는 햇빛의 모성애 사이

다만 빌빌거리고 있다.

2017년 가을들면서

유 병 근

유병근 수필집

• 차례

아으 동동

유병근 수필집

• **차례**

아으 동동

제1부

그 징검다리

　종이를 접어 학을 날리던 때가 있다. 종이를 접어 비행기를 날리던 때도 있다.

　학을 따라 내 연필글씨가 날아갔다. 비행기를 따라 내 붓글씨가 날아갔다. 해와 구름을 쓴 줄글이었을 것이다. 달과 별을 쓴 구절 또한 삐뚤삐뚤한 글씨체로 날아갔을 것이다. 학이 되어 비행기가 되어 날아간 추억은 지금도 가물가물 허공 어디서 날아가고 있다.

　수필을 쓰면서 학이 날아간 허공, 비행기가 날아간 허공을 보는 때도 있다. 그때 쓴 구절이 무엇이었는지 생각하는 날도 있다. 학은 어디에 날개를 접고 비행기는 어디에 내려앉았는지. 마당에서 날린 학은 때로 초가지붕에 앉았다. 골목에서 띄운 비행기는 이웃집 텃밭 배추 이랑이 활주로였다.

　글귀가 서로 화합하고 어울리는 날 학과 비행기가 무슨 약속처럼 떠오른다. 붓에 먹물을 찍는 날은 적요寂寥라는 어휘가 덩달아 떠오른다. 물감이 서로 화합하고 어울리는 한 폭 묵화가 떠오른다. 묵화 속에서 어린 날이 학을 날리고 비행기를 날리고 있다. 귀를 조금 기울이면 에밀레 종소리 같은 먼 환청에 잠기는 느낌을 받는다. 종소리를 들으며 그리워했을 석굴암벽화가 소리의 메아리처럼 떠오른다. 종소리를 들으며 그리워했을 알타미라동굴벽화가 소리의 아득한 메아리가 되어 까마득하게 떠오르는 느낌도 받는다.

그리워한다는 것은 그곳의 바람냄새와 만나는 일이다. 만나 반가운 손을 서로 잡는 일이다. 석굴암벽화의 손을 맞잡고 알타미라동굴벽화의 손등을 문지르고 싸안는 일이다. 그 설렘을 종소리로 아늑하게 울려주는 여운을 듣는다. 울림이 자라 땅과 하늘 사이에 소리의 징검다리가 덩그렇게 걸리는 걸 환상 속에 가만히 본다.

다릿돌 하나를 팔짝 뛰어넘는 소리의 앙감질을 본다. 다음 다릿돌을 뛰어넘는 앙감질을 본다. 앙감질 소리는 소리끼리 서로 어울려 또 다른 소리의 징검다리가 되고 소리의 놀이터가 되고 울림이 되고 끝내는 소리의 떨켜가 된다. 징검다리에서 익은 소리는 소리의 물살을 지나 학이 되어 날아오른다. 소리의 활주로를 타고 비행기 한 대 가볍게 날아오른다. 날아올라 더 먼 천공 높이 소리의 길을 내고 소리의 징검다리를 다시 놓는다. 든든한 소리의 징검다리를 건너 이름이 가물가물한 어릴 때의 동무가 걸어가고 어릴 때의 동무가 걸어온다.

어릴 때의 코흘리개를 만나고자 징검다리에 선다. 어릴 때의 맨발을 만나러 징검다리 끝에 선다. 맨발이 닿는 다릿돌에 종이를 깐다. 맨발이 찍는 발금과 만나고자 깐다. 발바닥에서 들리는 어릴 때의 말소리를 듣고자 깐다. 발바닥에서 노는 어릴 때의 술래놀이를 새기고자 깐다.

어린 시절로 가는 아득한 길이 종이에 있다. 앙감질로 짠 동그라미가 종이에 삼삼하게 떠오른다. 나는 그 징검다리를 마음 속 깊이 품기로 한다.

영혼을 기다리며

어느 문학상 시상식에 축하객으로 갔을 때다. 행사의 뒷바라지를 하는 젊은 시인이 가까이 오더니 축사를 부탁한다고 했다. 축사라면 미리 부탁 받은 사람이 있을 것인데 전혀 뜻밖이다. 당연히 고개를 가로 저었다.

행사는 막 시작하려는 참이다. 미리 부탁받은 이가 미처 참석을 못한 탓일까. 젊은 시인이 다시 다가와 말하기에 고개를 끄떡였다. 시상식 축사니까 내용은 뻔하다. 그런데 그 뻔한 말을 한다는 것이 그다지 내키지 않는다. 속으로 축사내용을 굴리는데 뾰족한 줄거리는 안으로 숨은 듯 캄캄하다.

차례가 되어 단상에 올라섰다. 좌중의 시선이 나를 빤히 보고 있다. 문학상을 받은 시인의 시에 대한 열정, 시의 업적 등을 말하는데 갑자기 쨍그랑하는 소리가 머리를 친다. 수상자가 상패를 받을 때였다. 어느 쪽의 실수인지 모르지만 상패가 바닥에 떨어지는 일이 생겼다. 와장창 깨지는 소리와 함께 유리조각이 사방으로 튀었다. 그렇다. 조금 전에 폭발사고가 있었다고 말꼬리를 이었다. 폭발은 시의 씨 앗이 터지는 징조다. 수상자는 폭발을 계기로 더욱 참신하 고 차원 높은 작품을 쓸 좋은 징조라고 했다. 무작위의 이 벤트라고 말을 이었다. 순간 좌중 여기저기에서 박수가 터 졌다.

축사는 길면 재미없다.

다음 말을 간단하게나마 생각하는데 짚이는 것이 있다. 낚시꾼이라면 일단 자리를 옮겨본다. 단상에서 자리를 옮 기는 것이 현명한 순서다. 낚시꾼이 좋은 포인트를 찾아가 듯 수상시인의 작품을 찾아 내려간다고 말을 이었다. 좌중 에서 웃음소리가 들린다. 간단해서 좋다는 웃음일 것이다.

늘 그렇듯이 후회는 있다. 축사에서 혹 중요한 말을 빠트 리지는 않았나, 이미 엎질러진 물을 뒤돌아보게 된다.

빨리 달리던 걸음을 멈추어 영혼이 따라오나 어쩌나 뒤 를 살핀다는 인디언. 나는 그 정신을 사랑한다.

지나간 것은 길에 있다

저만치 떨어진 길에 차량들이 지나간다. 대형트럭은 물론 버스며 승용차 등이 꼬리를 물고 성질 사납게 달린다. 왕복육차선 대로에서 달리기 시합이라도 즐기는 것 같다.

건널목을 건너는 일도 수시로 신경을 써야한다. 신호가 파랑으로 바뀌기 무섭게 건너야 겨우 건너편 인도에 닿을 수 있다. 핵폭탄이라도 싣고 가는 듯 무시무시한 트럭들이 푹푹 숨찬 소리를 한다. 눈을 부라리며 우락부락 달리는 대형트럭은 무소불위 폭력배나 다름없는 거칠 것 없다는 독재자 위세다.

거주지를 새로 옮긴 지역의 수식어는 이제 막 기지개를 켜는 신도시라는 이름을 걸고 있다. 그 수식어에 걸맞게 하느라고 그러는지 고층을 자랑하는 아파트들이 여기저기 죽순 치솟듯 빡빡하다. 높이경쟁이라도 하는 것 같다. 밤에는 미리 약속이라도 했을까. 아파트 꼭대기마다 울긋불긋한 꽃불 잔치판이 불야성을 이룬다. 굿놀이 같은 꽹과리소리, 상여놀이 같은 주술로 아파트마다 안택굿이라도 하는 것 같은 느낌이 든다. 그런 굿판이라고 말하는 것이 좋을 성 싶다. 물 먹은 기다란 대나무를 든 무당이 집안 곳곳에 물을 뿌리던 기억도 떠오른다. 성수聖水라는 말을 들을 때 나는 어릴 때 본 무당이 휘두르던 물에 젖은 대나무를 생각한다.

지나가던 차량들이 갑자기 멈추기도 한다. 신호에 걸린 것 같다. 횡단보도를 건너가던 나를 생각하는 것도 어쩔 수 없다. 서둘러 건너야 무사할 수 있다는 생각만 하던 나 아닌가. 사람이 최귀最貴라는 말은 한갓 수식어에 지나지 않는다. 길에서는 신호등이 당당한 지휘관이다. 나는 그 지휘관의 지시에 따라 화투놀이도 아닌 고 스톱go stop동작을 꼬박꼬박 지키는 자칭 모범생이어야 한다.

언젠가 신호를 무시하고 육차선 길을 건너던 때가 있다. 저만치서 달려오던 버스가 빵빵 소리를 질렀다. 버스기사의 눈에 무슨 미물 같은 것이 건너가는 움직임이 눈에 잡혔을 것이다. 빵빵거리는 클락션은 갑자기 브레이크를 밟는 기사의 놀라는 심장박동소리였을 것이다. 자칫했으면 그 차량과 부딪칠 뻔했다. 땀이 나도록 당황하고 미안했다. 건널목 조심하라고 타이르던 아내의 말이 떠오르는 것도 그 순간 번개처럼 지나갔다.

건널목의 교통신호는 교통질서를 지키자는 것이지 치레로 세운 것은 물론 아니다. 시민의 생명과 생활을 지키자는 것이라는 것은 잘 안다. 알면서 모르는 바보가 된 나는 신호위반, 보행위반 딱지를 받아 마땅했다.

딱지라는 말을 들을 때 나는 어릴 때의 딱지치기놀이를 생각한다.

어디서 어떻게 사는지 모르는 코흘리개 친구들이다. 누구는 이미 세상을 떠났다하고 누구는 먼 지역에 산다고 한다. 또 누구는 벼락부자가 되었다는 소문을 들은지 오래 된다. 사람이 사는 길 또한 지금 보고 있는 찻길을 달리는 차량이나 같지 않을까. 누구는 육차선 대로를 달리고 또 누구는 골목길이나 지나가는 처지라는 것을 짐작한다.

달리던 차가 차고지에서 시동을 끄듯 사람 또한 시동을 끄고 그의 한 생을 마감한다. 그런데 차는 다시 시동을 걸고 운전자의 뜻을 고분고분 따르지 않는가. 지금 나는 그런 것을 생각하다가 달리는 무수한 차량의 색깔을 본다.

차량에도 색깔이 있다는 것이 숨 막힐 듯 답답한 도시생활에 작은 위안이 되기도 한다. 나는 그 색깔을 빨주노초파남보라는 등 멋대로 이름을 붙인다. 그러면 길 여기저기에서 무지개 같은 환영이 일어나는 현상을 본다. 먼지만 폴폴거린다고 생각한 길이 갑자기 아름다워 보인다. 생각하기 나름이라는 말, 보기 나름이라는 말에 나는 작은 뜻을 혼자 새긴다. 창밖을 보는 일이 즐겁기도 하다. 그냥 우두커니 보고 있으면 별다른 의미도 없이 차량바퀴에 시달리는 먼지로 폴폴거리는 길이다.

알록달록한 그림으로 차체를 치장한 컨테이너 박스 같은 차가 지나간다. 다른 차량들보다 좀 느린 속도다. 서커스 단원이 타고 가는 차량이라는 짐작을 멋대로 한다. 무슨 나팔소리 같은 것이 들리는 환청에 끌린다.

서커스 구경을 하지 않은지도 오래 되었다.

팩pack

　거실 바닥에 반듯하게 누운 아내는 얼굴에 망사를 뒤집
어쓰고 있다. 망사에 무슨 끈적거리는 것을 발랐다. 내가
좀 도와주었으면 망사에 찍어 바른 것이 골고루 잘 펴졌을
것이다.

　나도 실은 무심한 편이다. 그런 나를 아는 아내는 아예
부탁하지 않는 것이 편하다고 생각한 것 같다. 멀쩡한 얼
굴에 무슨 벼슬하겠다고 그러느냐는 내 소리를 듣기 싫어
한 아내다. 언젠가 그런 일 때문에 가볍게나마 눈을 흘긴
적이 있기는 하다. 하지만 얼굴이라도 건강해 보이려고 하
는 아내의 심정을 모르는 바는 아니다.

　나는 그것을 얼굴찜질이라고 멋대로 이름을 붙인다. 티
브이에서 얼굴찜질 하는 장면을 본 적도 있다. 무슨 팩pack
이라고 했다. 얼굴에 도포塗布질을 하는 셈이다. 좀 부富티
나게 말하면 팩이다. 팩을 다 마친 얼굴은 한결 부드럽고
윤택이 잘잘 흐르는 건강미조차 있어 보였다. 몸과 마음을
건강하게 지키려면 먹는 것, 운동하는 것, 바르는 것에 신

경을 써야하는 현실이다. 무엇을 얼마나 어떻게 신경 쓰느냐에 따라 건강과 아름다움을 유지할 수 있다니 그런 일을 무시할 수도 없을 듯하다. 번듯하게 서 있는 건물외관도 수시로 페인트를 칠하고 다듬어주는 팩이나 다름없는 노력이 있어야 오래 된 건물도 건강해 보이지 않겠는가.

(밤에만 우는 새가 낮에 또 운다. 조금 더 느긋하게 말 바꾸기를 한다. 비가 드문 날을 비오는 날이 보쌈질하고 있다. 오는 날과 오지 않는 날 사이는 날마다 그렇다. 가까운 이웃과 문자를 주고받는다. 먼 그가 가까운 이웃이라는 어법은 일종의 위안이다. 잘못 끼운 단추가 너덜거린다. 너덜거리는 동안에도 비가 온다. 점심 먹은 트림을 한다.)

망사를 둘러쓴 아내의 얼굴에 건강미가 잘잘 흐르는 신선감이 돌고 있을 것이란 생각을 한다. 그것을 생각하는 나는 푸른 윤기를 드러낸 신록을 보는데 햇볕팩이라는 말이 입에 닿는다. 나뭇잎에 내려앉은 햇볕이 나뭇잎을 골고루 찜질하는 일은 햇볕만은 아닌 것 같다. 어제 내린 비, 조금 전에 지나간 바람은 나뭇잎을 찜질하는 비팩이며 바람팩이 아닌가.

세상은 팩으로 서로서로 다정한 몫을 한다. 나는 햇볕 아래서 햇볕을 쬐면서 내 몸의 건강을 생각하지 않던가. 햇볕 속에는 비타민 D라는 성분이 있다고 하니 그렇다. 그것이 어떻게 생겼는지는 모른다. 각기라는 질병을 예방하고 그 외 인체를 튼튼하게 해 주는 것이 비타민 D가 들어 있는 햇볕이라고 한다.

언어로 구성된 문장은 마음을 넉넉하고 기쁘게 한다. 그러고 보면 언어는 마음을 편안하게 하는 햇볕이며 언어팩이다. 그런 언어를 미처 생각하지 못한 나는 떠오르지 않는 언어를 찾아 때로는 강변을 거닐거나 공원을 거닌다. 그러면 흐르는 강물소리에 뜬 저녁놀빛이 새삼 아름다워 보였다. 강물에 앉은 놀빛팩을 생각하는 날은 둥지로 돌아가는 저녁새 날갯짓소리가 담담하게 귀에 닿는다.

팩 삼매경에 든 아내는 어쩌면 나를 팩으로 쓰다듬고 있을 것이라는 착각을 한다. 착각도 자유라는 말이 나를 감싸고도는 느낌이 든다. 알다가도 모를 이상한 팩이다.

아으 동동

다시 사방을 둘러본다. 사방은 불과 2미터 전방이거나 5미터 앞뒤다. 맞은 편 승객의 신발이 사방이다. 지하철 객실 벽에 붙은 광고지가 사방이다.

요행히 자리를 차지하고 책을 뒤적거리거나 조금 전의 설핏한 생각을 쪽지에 적는다. 젊은 승객들은 재치가 좋다. 선 자리에서 스마트폰을 검색하느라 스마트폰에 고개를 빠트리고 있다. 눈 깜박하는 사이에 변하는 세계정세를 알고자 스마트폰에 뜨는 정보를 검색한다. 정보의 홍수 속에 사는 젊은이에 비하면 나이 든 세대는 다소 굼뜨다. 빠름과 느림이 함께 하는 지하철 객실이다. 조화라고는 할 수 없다. 하지만 지하철 노선에 얹혀가는 남녀노소는 세대별을 가리지 않는 지하철 속 풍경이라고 할까.

젊은이들이 정보를 검색하는데도 그럴만한 이유는 있다. 정보화시대에 뒤지지 않으려는 욕구가 그 하나이지 싶다. 새로운 지식과 세상의 됨됨이를 남보다 먼저 알고자 하는 정보경쟁시대다. 나는 어제나 오늘이나 세상에 어두운 무딘 파일이다. 누가 '좀비'라는 말을 하는데 그 정확한 뜻을 모르고 아는 체한다. 유행어감각에 새카맣게 뒤진 처신머리는 어쩔 수없이 김이 샌 낡은 세대다. 어둠이 밀어닥쳐도 그게 어둠인 줄도 정작 모른다. 어둠이 오면 어둠에 간히고 밝음이 오면 밝음에 간힌다며 그냥 아둔하게 생각하기로 한다. 젊은 세대를 따라가고자 빠락빠락 기를 쓴다면 이 또한 우스꽝스런 광대 같은 노릇이겠다.

기껏 한다는 짓이 나올 것도 없는 머릿속에 마우스를 대고 클릭한다. 그랬더니 오전에 만난 어느 지인이 마우스의 낚시질에 끌려나온다. 무슨 모임이 있다며 지인은 지하철역으로 서둘러 걸음을 옮긴다. 나이 들어도 갈 곳이 있다는 것을 잠깐 부러워한다. 사람은 그가 평소 쌓은 대로 사는 거다. 쌓은 덕이 그다지 없는 처지는 그를 괜히 부러워하지 않기로 한다. 지하철에서 내려 강변 쪽 아니면 산언덕 쪽으로 걸음을 옮길까 하는 궁리에 망설인다. 산책 삼아 나선 길이니 강물 흐르는 것이나 보자며 둔치를 향하여 걷기로 마음먹는다. 산길도 좋다. 하지만 강물 흐르는 소리, 강물이 짓는 살갗 무늬를 듣거나 눈으로 쓰다듬는 일도 괜찮을 성싶다.

가파른 산길에는 곱표를 치기로 한다. 등산 도중 발목을 삐어 한 동안 목발을 짚고 다닌 적도 있다. 또 누구는 언덕길에서 엉덩방아를 찧어 걸음이 불편했었다는 말을 들었다. 그다지 새로울 것도 없는 머릿속의 파일을 뒤지고 있으니 따분하다. 어떤 사람의 머릿속에는 알리스토텔레스, 라이나 마리아 릴케, 황순원, 서정주 등 그럴싸한 이름이 마우스를 들어대기 무섭게 쏟아져 나올 것이다. 그런데 나는 기껏 둔치에서 본 민들레꽃이나 갈대가 서걱대는 몸짓이나 담고 있으니 따분하다. 다음 역에서 내리나 어쩌나 생각을 들었다 놓았다 한다.

어떻게 사느냐가 생각의 주름을 잡는 요즘이다. '어떻게'라는 파일이 내 머릿속에 핏줄처럼 들어찼는지도 모른다. 그것을 검색할 셈으로 마우스를 또 움직이는데 파일낚시질이 서툰 솜씨는 좀처럼 아무것도 끌어내지 못한다. 무엇을 찾고 정리하고 다듬는 일에 게으른 내 성질머리에 삭제키를 들이대고 그냥 클릭한다.

한 달포쯤 전에 새 집으로 자리를 옮긴 뒤 책꽂이 정리는 거의 손을 쓰지 않는 상태다. 이사를 도운 일꾼들이 주섬주섬 꽂아둔 그대로 두고 있을 뿐이다. 필요한 책을 찾을 경우 책꽂이 여기저기를 빨딱 뒤집듯 한다. 이를테면 책을 찾아내는 놀이를 하는 셈이다. 그때 우연찮게도 아, 이 책이 여기 꽂혀 있구나, 아니 이 책은 아직 바닥에 있구나 하면서 길가다가 반가운 지인을 모처럼 만난 듯 기뻐한다. 게으른 성미는 이삿짐을 부려둔 그대로가 좋다며 자위한다. 굳이 탈탈 털어가면서 살 것 무엇 있겠느냐. 여기저기 반듯하게 정리하면서 살지 않아도 그럭저럭 지낼 수 있는 세상 아닌가. 좀 편하고 느긋하게 살자는 것이 요즘의 변덕이며 이지easy발상이다.

병원에 가기 전에 장롱정리를 말끔하게 한다는 어느 수필가의 글을 읽은 적이 있다. 혹 무슨 일이라도 하는 염려로 뒤처리를 깨끗이 하는 기품이 보이는 내용이었다. 장롱을 열어본 누군가는 참 빈틈없이 살았다며 감탄할 것이다. 그러나 장롱 속이 어수선하다면 숨차게 살아온 세상 흔적을 아파할 것 아닌가.

이 글의 장롱 속을 뒤지며 어수선하게 엉클어진 머리를 굴린다. 그렇다고 어디로 튈지도 모르는 생각의 지리멸렬은 전혀 아니다. 글을 쓰기 전에 미리 가설한 방향을 구축하는 공사를 하는 일에 몰두한다. 머릿속에 든 글의 방향이라는 장롱을 뒤지며 마우스를 이리저리 굴린다. 글을 쓴다는 것은 소재로 알맞은 언어다루기의 수공업적 건축 아닌가. 그런 점 언어는 대상을 이리저리 얽어매는 글을 위한 도구다. 함으로 언어라는 도구는 대상을 보고 느낀 것의 결과물을 깎고 다듬고 못을 치는 일종의 대패질이며 망치질이다.

고개를 드니 지하철 객실이 조금 더 빽빽하다. 아까보다 더 많은 승객이 손잡이에 몸을 걸고 있다. 어수선한 내 글의 부스러기 또한 손잡이에 걸려 있다는 싱거운 생각이 든다. 가야할 방향을 놓치고 길이 헷갈릴 수도 있다. 낯선 역에 내려 길을 잘못 잡아 헤맨 적도 있다. 지하에서는 그 방향이 그 방향처럼 보이니 탈이다. 이 또한 무엇을 찬찬히 살피지 않는 성미 때문에 생기는 부실이겠다. 좀 더 눈을 뜨면 서면역이면 서면역, 연산역이면 연산역 나름의 표정이 보일 것이다. 나는 그 표정의 다름을 알고자 서면역에 내리거나 연산역에 내려 여기가 거긴가 하면서 두리번거린다. 이 또한 내가 경험하는 세계를 새롭게 보고 들으려는 길이라면 헤픈 자위쯤은 되겠다.

길 공부에 눈을 떠야겠다. 젊은 세대의 감각을 부러워만할 것이 아니다. 나이 들면 나이 든 나름의 참신한 세계도 어쩌다 있지 않겠는가. 그걸 찾으려 때로는 서툰 길에 선다.

아으 동동.

비가 온다

두 쪽으로 쪼갠 감자는 쪼갠 상처를 소독하듯 재를 발라 준다. 그 몸으로 밭이랑 속에서 한 동안 결이 삭아 파르스름한 싹을 밀어 올린다. 삭은 몸으로 토실토실한 알을 낳는다.

씨앗을 보자면 삭는다. 새 생명을 낳고자 어미는 쪼개지는 아픔을 겪는다. 제왕절개수술 끝에 아기가 태어나는 걸 보면서 감자를 생각한다. 글이 순순히 풀리지 않을 때도 제왕절개 같은 수법을 써야하나 궁금하다. 태어난 글의 몸무게가 마음에 차지 않아 요량도 없이 시도한 수법을 뉘우치기도 한다. 뉘우치면서 또 쓴다.

글감이 나를 놀리는 경우가 허다하다. 애 좀 먹어 보라는 듯 어디론가 슬그머니 사라진 글감과의 숨바꼭질은 때로 먹먹하다. 최후수단처럼 제왕절개수술법을 염두에 두기도 한다.

죽이든 밥이든 우선 저질러놓고 보자. 책상 곁에 허름하게 앉는다. 하지만 이건 내가 나에게 저지르는 심각한 결례, 옐로카드이기도 하다. 딱지를 더 받으면 영락없이 퇴장감이다. 글마당에서 등 떠밀리는 왕따를 보는 건 어설프고 민망한 노릇이다. 이번엔 자세를 바로 잡는다. 자세가 발라야 무엇이든 끼적거리는 머리에 글의 실마리가 감자순처럼 파릇파릇하게 솟아나올 것이란 기대에 찬다.

감자는 장작불에 구워 뜨거울 때 그 맛이 한결 파슬파슬했다, 불기운이 남아 있는 뜨거운 감자를 오른손바닥에서 왼손바닥으로 공 굴리듯 굴리면서 껍질을 벗긴다. 입술에 달라붙은 숯검정을 소매로 훔치면서 먹는 맛이 달아 장작불에 감자를 가끔 집어넣었다.

미지근한 글은 오른손바닥에 머물고 있을 뿐 왼손바닥으로 좀체 넘어가지 않는다. 섣불리 시도한 제왕절개수술 끝에 태어난 팔삭둥이 같은 글은 한동안 잉큐베타 속에서 힘들어하는 아기를 연상케 한다.

농사든 글짓기든 제대로 된 수확을 염두에 둔다. 주먹크기 만한 씨알이 주렁주렁 매달린 감자를 수확하는 농부의 표정을 글을 쓰는 마음에 심기도 한다. 그런데 아쉽게도 글의 줄기에 따라오는 씨알은 그다지 마음에 차지 않는다. 감자이랑을 가꾸던 농부처럼 글의 이랑을 가꾸지 못한 뉘우침이 속에서 끓어올라 면구스런 눈을 허공에 판다.

아무것도 없는 허공이다. 글쓰기는 어떤 점 허공에서 시작하고 허공에서 끝나는 허무한 길이라며 아쉽게 타이른다. 달리 타이를 것이 없기 때문에 그런 말로라도 타일러야 속이 좀 편안해지는 것 같다. 그러고 보니 모든 일은 자아중심이다. 글은 허공에 쓰고 허공에 지운다는 씨알이 먹히지 않는 넋두리를 또 한다.

비가 온다. 넋두리를 숙성시키는 빗줄기인지도 모른다. 내 생각에 싹을 틔우는 빗줄기라면 어떨까. 비를 먹고 자라는 나뭇가지를 본다. 나는 지금 헐벗은 나뭇가지다. 비는 나뭇가지인 나를 적신다. 비를 맞는 나는 무슨 씨앗을 어떻게 피울까 궁리한다. 열심히 궁리하라고 비가 온다.

점심 숟가락을 놓고 비를 맞는다. 노곤한 표정이 된 빗소리다.

굴렁쇠처럼 둥근 듯 매끌매끌한 시간 속에서 매끄럽지 못한 세상일과 부딪치는 빗줄기도 있다. 쓰러져 뒹구는 시간과 일어서다가 다시 쓰러지는 시간도 있다. 그 시간에게 손을 내미는 시늉을 한다. 잡히지 않는다. 무색, 무취 그리고 무형인 시간 앞에서 하나마나한 소리를 하는 처지는 나사가 빠진 듯 다소 멍청하다.

어떻게 보고 생각하느냐에 따라 시간 또한 그 모양새와 맛이 달라진다. 그건 보고 듣는 각도에 따라 다르게 느끼게 되는 시간과의 대면이지 싶다. 소태처럼 쓰고 바위덩이처럼 무거운 시간, 꽃망울처럼 아름답고 향기로운 시간도 있다. 그러고 보니 시간의 냄새와 모양새가 눈에 잡히는 것 같다.

오후라고 여겼는데 금방 저녁이다. 저녁에도 비가 온다. 월요일이라고 여겼는데 금방 또 주말이다. 주말에도 비가 온다. 눈앞에 걸린 달력은 여름이 머지않다며 무더위를 퍼부을 준비를 하고 있다. 무더위를 식히려고 비는 오지 않겠는가. 엊그제 걸어놓은 듯 무표정한 달력이다. 눈앞에 있고 코앞에 다가오는 여름을 좀 시원하게 지내라고 달력이 타이르는지도 모른다. 타이르는 소리가 빗속에 있다는 생각을 한다.

노숙자 신세나 다름없게 된 나를 비가 투덜거린다. 철부지 같은 멍청한 시간이라며 때로는 혼자 쓸쓸해하고 혼자 비시시 웃고 궁시렁거리는 나를 투덜거린다. 서글프다. 창밖의 나뭇가지가 시퍼렇게 젖는데 서글프다. 시간에 뒤통수를 맞으며 사는 나무라는 느낌이 드는데 서글프다. 세상의 뒤통수에 대고 이러쿵저러쿵 잘난 척 까발린 적이 있는 내 뒤통수를 후리치는 비에 서글프다.

찬찬한 눈으로 세상을 따뜻하게 보고 자상한 귀로 시간과 사귀어야 했다. 그런 성미를 따라가지 못하는 처지는 이런저런 시간에 자주 부딪치고 깨진다. 시간은 내편이라고 여겼는데 천만에다. 무언가 알 듯하다. 그러나 모른다. 왜 모르느냐고 나무라고 타이르는 소리가 마음 안에 있다. 보이지 않고 들리지 않는 시간에 귀 기울여보라고 타이르는 빗소리도 있다. 그걸 찾으려 비를 맞는 마음으로 허우적거린다. 따분한 노릇이지만 그런 일에 부대끼고 있는 처지는 수시로 나를 벼랑 끝으로 밀어붙이며 절망케 한다.

글이 잘 풀리지 않을 때 절망한다. 그러나 절망만은 아니라는 혼자만의 생각을 또 한다. 절망 속에 어쩌면 희망으로 가는 길이 있다면서 은근히 자위한다. 비가 온다.

어제 오던 비가 그치는 듯 다시 온다. 신발을 발에 꿰는데 들리는 소리가 있다. 무엇하러 비속에 나가느냐는 아내의 말소리다. 굳이 이유를 대자면 비오는 구경이나 즐기자는 것이라며 아내의 군소리에 싱거운 응답을 속으로 한다. 아내는 내 생각이 못마땅하다. 누구 자녀는 어떻게 훌륭하다느니 그 부모는 재산이 많고 사회적 위치가 어쩌고 하면서 모자란 나를 은근히 풀죽게 한다. 그런 때는 조사관 앞에 머리를 조아리는 느낌이 든다. 나 또한 누구 자녀는 어디서 무슨 공부를 하는가 하고 궁금해 했다. 살다보면 나는 못나게도 내 주변을 살피는 미숙한 조사관이며 아내는 시시콜콜 따지려드는 나의 조사관이다. 하찮은 일이지만 아내와 나는 조사관이란 연리지 같은 얄궂은 벼슬을 달고 산다.

연리지는 서로가 서로를 알고 믿는 구석이 있다. 느티나무와 느릅나무의 연리지를 보았을 때는 '느'자 항렬이 갑자기 떠올랐다. 극히 자연스런 연상이었다. 연리지 줄기에 등을 기댄 나는 삼각관계가 된 연리지현상을 막연하게나마 생각하곤 했다.

연상은 새로운 연상을 낳는 생각의 연리지다. 화평공존을 토닥거리며 쓰다듬는데 어쩐지 이런 생각도 격에 어울릴까 하는 느낌도 들기는 한다. 비 오는 거리로 나가려는 마음 구석에는 비에 나를 접목시키려는 연리지현상 같은 터무니없는 마음이 꿈틀대고 있었을 것이다.

비에 샴쌍둥이 같은 연리지가 된 나를 본다.

사람이든 나무든 비를 맞으면서 사는 세상 아닌가. 문에 기대선 채 먼 마을 쪽으로 눈을 판다. 그곳은 제법 부옇다. 비가 조금 더 판을 치는 것 같다. 정원의 나무가 서로 몸을 기댄다. 서로 닮으면서 기대면서 사는 세상이라고 했다. 닮는 것은 개성을 죽이는 일이지만 하나로 뭉친다는 뜻도 있다. 뭉쳐야만 산다고 할 적에는 서로의 힘이 하나로 어울린다. 단합 단결은 자주 듣는 구호다. 그런데 문학의 마당에서는 닮으면 서로 죽는다. 나만의 뿌리를 내리고자 혼자 삭아 내리는 쓸쓸함을 겪는다.

비는 더 거칠게 악세레타를 밟는 것 같다. 아스팔트 바닥에 떨어지는 빗방울이 슬그머니하수도 쪽으로 나뒹그러진다. 바람이 거기 또 힘을 보탠다. 정원의 나무가 상체를 이

쪽저쪽으로 율동체조를 하듯 흔들린다. 서로 친근한 사이
인 듯하다.

눈에 보이는 비속에 눈에 보이지 않는 시간이 비를 맞으
며 지나가고 있다.

빈 깡통

컴퓨터 앞에 앉는데 집 앞 찻길에 차가 지나간다. 차가 지나간다고 쓸까 하다가 말머리를 돌린다. 차 소리는 기름 냄새가 난다.

조금 전에 옥타비오 파스를 읽었다. 파스는 무슨 영감인가를 나에게 준 것 같다. 그런데 정작 컴퓨터 앞에 앉으니 어떤 영감이었는지 전혀 잡히지 않는다. 잡히지 않는다고 쓸까 하는데 이 또한 싱거운 노릇이다. 그래 이번엔 집 앞 찻길에 지나간 차를 두고 무슨 구절인가 쓸 생각을 하는데 그마저 길이 잡히지 않는다. 찻소리가 사라졌기 때문만은 아니다.

지금 나는 빈 깡통이나 다름없는 상태라며 나를 생각한다. 내용이 없는 깡통은 발에 차인다. 떼굴떼굴 굴러가다가 어느 모퉁이에서 찌그러진다. 어릴 때 차버린 깡통이 새삼 떠오르는 것은 이상할 것도 없다. 그렇다고 빈 깡통에 대한 글을 쓸 생각은 없다.

집 앞 찻길에 차가 다시 지나간다. 조금 전에 지나간 차는 아니다. 그것은 정확하다. 찻소리로 보아 그걸 안다. 나는 제법 분별력이 있는 셈이다. 그래서 나는 아닐 것이다가 아닌 '아니다'라고 딱 잡아떼는 구절을 쓰고 있다. 아니든 그렇든 이 글과는 그다지 상관이 없다. 늘품 수라곤 전혀 없는 말놀이에 지나지 않는다.

푸름이 눈부신 신록의 계절이다. 이런 때는 웬만한 일은 다 접어두고 일단 청춘이나 다름없는 계절 속으로 온전히 빠져보는 것도 그럴싸하겠다. 그런데 방에 틀어박혀 이런 쓸모없는 생각이나 문장 속에 끼우고 있다. 하지만 지루하다거나 따분하다거나 하는 생각은 전혀 없다. 감성이 무딘 탓이라고 나는 나를 뉘우친다. 세상을 모르는 탓이라고 또 나무란다. 이런 두 개의 '탓'을 무슨 자랑거리처럼 늘어놓고 있는데 환한 날씨에 눈이 부실 지경이다.

날씨는 날씨고 나는 나다. 날씨에 홀려 갑작스레 어디로 나선 기억은 최근에 거의 없다. 생각해 보면 날씨는 어떤 요부인지도 모른다. 한쪽 눈을 지긋하게 감은 듯 뜨는 윙크 같은 것으로 사람들의 마음을 홀리는 날씨.

요부에 홀려 어디 좀 산책이라도 해 볼까. 나는 마음이 흔들린다. 조금 전에 차가 지나간 길을 따라가면 느릅나무 몇 그루가 있다는 것을 안다. 그쪽으로 걸음을 옮겨도 좋을 것이다. 그쪽은 집에서 동쪽 산기슭이다. 이런 때는 동쪽 방향에 볼거리를 두고 걸어도 좋을 것이다.

동쪽은 동쪽에 있다. 그 맞은편이 서쪽이다. 서쪽과 반대되는 편이 동쪽이다. 그러니까 나는 서쪽을 등지고 걷는 셈이다. 실속은커녕 아무 쓸모도 없는 너스레를 지금 떨고 있다. 내 정신구조 어디가 혹 잘못된 것인가 하고 나를 생각한다. 아, 그렇지. 동쪽에서 뜬 해가 서쪽으로 기울지 않던가.

그럴싸한 아이디어는 생각에 걸리지 않을 것 같다. 잘난 구석이라곤 눈 닦고 보아도 없는 처지다. 컴퓨터 앞에 앉아 있는 나를 아내는 완전무능력자로 알고 있다. 남자가 요리를 할 줄 알아야 기를 펴고 살 수 있다는 남비여존男卑女尊의 세상인데 기껏해야 훌렁훌렁한 라면이나 겨우 끓이는 수준이다.

젊은 때는 아내 앞에 없는 호기를 부리기도 했었다. 그런데 밖에 나가서 하는 일이 끊어지자 별 볼 일없는 남자로 전락되고 말았다. 안주인이라고 불리는 아내에 비하면 남자는 당연히 바깥주인이다. 밖에 나가서 가정이며 사회에 도움이 될 일을 하는 것이 남자가 할 소임이다. 그런데 밖에 나가서 일할 처지가 되지 못하자 삼식三食(세 끼니를 집에서 꼬박꼬박 챙긴다는 뜻)이니 뭐네 하는 세간에 떠도는 속어의 주인공이나 다름없게 추락된 따분한 처지가 되고 말았다.

인생에서 성공했다는 말은 추수동장秋收冬藏의 결과를 두고 하는 수식어겠다. 팔팔한 시기에 하던 일을 얼마나 어떻게 걷어 들였느냐는 결과는 일을 손에서 뗀 다음에 나온다. 그런 점 나는 빈 털털이나 다름없다. 내 무능을 찍어낸 아내의 말에 고개를 숙일 수밖에. 그런 처지인데 방안에 혼자 있으니 내가 제일 똑똑하다는 오기 같은 착각이 들어 피식 웃는다. 밖에 나서면 나는 또 위축되어 저 사람처럼 살아야지 하는 부러움을 가득 안고 돌아온다. 그런 점 바깥나들이를 한다는 것은 위축과 부러움의 파도와 부대끼다가 돌아오는 셈이다. 이 또한 무엇을 모르는 탓이지만 사실은 사실대로 말해야겠다.

누가 전화를 하는 것 같다. 내 휴대폰의 음색이다. 그런데 전화기를 어디 두었는지 알 수가 없다. 바깥나들이에서 돌아오면 전화를 챙겨 거실에 두거나 자판기 곁에 두라는 아내의 말을 예사로 듣고 사는 결과이다. 벨 소리가 울리는 쪽을 뒤지는데 신호가 끊어지고 만다. 전화기에 찍힌 번호를 읽어도 누구 전화인지 전혀 감이 잡히지 않는다. 그런 일은 다반사다. 한 번은 찍힌 번호를 찍었더니 웬 아지 못할 목소리가 무슨 광고인가를 하고 있었다.

휴대폰을 어디에 두었는지 몰라 전화를 받지 못하는 일은 상대에게도 미안한 일이다. 무엇에 쓰고자 전화는 가지고 다니느냐는 아내의 핀잔도 들을 만하다. 그리고 보니 글쓰기에서나 무엇에서나 나는 나를 모르고 무지몽매한 가운데 흔들리며 살아온 나는 빈 깡통이다.

빈 깡통은 빈 소리를 가둔 빈 소리를 한다.

봄, 마그마

방안 구석을 이런저런 책이 차지하고 있다. 책속에 봄을 소재로 한 글이 들어 있을지도 모른다. 책은 겨울 외투를 벗느라 수런거리고 있을 듯하다.

봄을 나란히 붙여 쓸 경우 희囍라는 글자가 된다고 쓴 적이 있다. 그렇다면 봄은 분명 기쁨을 갖는 계절이며 그런 글자임을 짐작할 수 있다. 얼음이 풀린 분수에서 물줄기가 퐁퐁 치솟아 오르는 것을 보아도 용수철 같은 계절임을 깨달을 수 있어 기쁜 일이다.

책처럼 방바닥에 너부러졌으면 하는 생각이 든다. 책을 베고 잠이나 잤으면 하는데 이미 그런 낌새를 알아차린 잠이 슬그머니 눈시울에 달라붙는다. 이런 걸 보면 봄은 어쩔 수 없이 노곤한 계절이다. 춘곤증이란 말도 그럴싸하다. 방바닥에 등을 기대어 한 십분 쯤 설핏 자고 일어났으면 한다. 잠 속에 봄나들이라도 하는 꿈이 들어 있어 봄을 염두에 두는 길에 조금이나마 힘이 되었으면 하는 생각도 든다.

마음으로나마 봄을 보고 듣고 있으니 컴퓨터 화면에 찍

는 글자도 봄빛을 닮아 가는 것 같다. 그래서인지 여기저기 눈에 띄는 것이 모두 연녹색 봄 치장이다. 사람의 눈과 마음이 얼마나 간사스러운지 알 수 있다면서 표지를 풀빛으로 장식한 책을 머리맡에 끌어당긴다.

때를 눈치 굶은 듯 무엇인가 떠오르는 것이 있다. 그것은 미처 몰랐던 어떤 새로움일 것이라며 잠깐 들뜨기도 한다. 생각이라는 것이 머릿속에 방울토마토처럼 주렁주렁 매달리는 것은 뜻밖이지만 즐거운 일이다. 한꺼번에 쏟아지는 생각이라는 줄기도 있다. 그런 경우는 대개 잡풀처럼 그다지 쓸모가 없어 모처럼의 생각이 질서를 잃고 엉클어진다. 그러다가 가뭄에 콩 나듯 참신한 생각이 떠올라 갑자기 부산스럽게 호들갑을 떤다. 즉석메모를 하느라 마음이 좀 들뜨는 신명에 찬다.

생각이라는 관념어가 푸른 빛깔을 띠고 나오는 느낌이 들어 즐겁다. 그 빛깔을 더 구체적으로 보고 만지고자 생각의 덩어리를 요모조모 골패처럼 굴리기도 한다. 덩어리 속에 보이는 빨주노초파남보 같은 빛깔의 파노라마를 기왕이면 봄 분위기로 물들일까도 싶다. 그러면 조금 전의 붉은 색깔이 갑자기 연녹색으로 몸을 바꾼다. 내 안에서 소용돌이치는 색깔의 천방지축과 어울리는 모습을 보는 즐거움에 신명이 인다.

어느 날은 마른 풀 넝쿨 틈을 비집고 파르스름한 싹이 터져 나오는 기척을 듣는다. 꽃망울이 유두처럼 부풀어 오르는 기쁨도 있다. 겨우내 눈바람에 시달린 처지에 무슨 힘으로 잎눈을 트고 꽃눈을 트다니 대견하다. 생각해 보면 나뭇가지 속에 잎눈과 꽃눈을 밀어내는 당찬 손바닥이 들어 있는 것 같다. 그제야 봄은 어떤 팽창의 중심역할지역이라는 말을 속으로 중얼거린다.

어깨를 짓누르던 두터운 차림새가 가벼워진다. 스카이콩콩처럼 공중으로 튀어 오르자면 가벼운 차림새라야 했다. 그래서인지 봄은 겨우내 입었던 옷이 거추장스러워 한 겹 두 겹씩 벗는 계절이라는 생각을 하게 된다. 하기야 섣불리 벗는 것도 문제이기는 하다. 갑자기 불어 닥치는 꽃샘 추위를 미처 예상하지 못한 활짝 핀 목련꽃이 시커멓게 떨어지던 때도 있었다. 계절 속에는 추위를 감추고 짓궂은 심술을 부리는 엉큼한 시샘도 어쩌다 있지 않던가.

하나마나한 소리이지만 봄은 한해를 시작하는 계절의 선두주자다. 시작이 좋아야 끝이 좋다고 하는 말 속에는 봄을 계절의 가장 우선순위로 대접하는 마음이 있어 보인다. 계절의 여왕이라고 하는 말뜻도 봄에 있지 않는가. 그런 탓인지 봄이 오는 발걸음은 여왕의 조신한 걸음걸이를 닮는다.

미술관의 벽에 봄을 소재로 한 그림을 보다가 생각한다. 봄은 거대한 미술관 아닌가 하고. 그 미술관의 벽에 걸린 이런 저런 작품에서 톡톡 튀듯이 봄이 오는 소리를 듣고 감탄하기도 한다. 그 소리는 벽에서만 들리는 것은 물론 아니다. 천정이며 바닥에서도 들리는 황홀감에 취하게 된다. 저쪽 벽 코너에서 들리는 울긋불긋한 꽃너울을 보다가 이쪽 벽면으로 눈을 옮기면 진달래가 온 벽면을 덮었다. 그 운치를 찬미하는 은은한 가락이 흐르는 쪽으로 귀를 기울이면 도란거리는 계곡 물소리가 졸졸 귀를 적신다.

눈에 들어오는 것, 귀로 듣는 것만이 다는 아니라고 타이르는 소리가 또 있다. 보이지 않는 것, 들리지 않는 것을 더 깊이 보고 들으라고 하는 소리도 있어 보인다. 그런 탓인지 봄 속에는 '본다'를 '봄'이라는 좀 더 압축된 팽팽한 긴장으로 다그치는 힘이 들어있다.

봄은 조용한 혁명가를 닮았다. 불그스름한 수십 개의 망울이 첩보활동가처럼 나뭇가지 끝에서 사방을 조심스레 두리번거리고 있다.

나뭇가지의 몸을 따개고 봄은 태어난다. 두꺼운 얼음장을 머리로 떠밀고 태어난다. 답답한 얼음판을 제친 자리를 봄은 새 손바닥으로 쓰다듬는다.

봄이 오는 기척은 소란스러운 것 같지만 은근하고 포근하다. 메마른 것 같으면서도 부드럽다. 봄!, 입술말을 하는 동안 주변의 공기는 달콤하게 물이 든다. 그 향기를 찾아나서는 여인들의 가슴은 꽃망울처럼 너울너울 부풀어 오른다.

그래서인지 봄 속에는 팽창하는 힘이 있다. 그 힘으로 봄은 약수 같은 비를 뿌려 겨울 동안 뼈만 앙상했던 산을 연록에서 다시 녹색으로 물들인다. 산이 즐거운 함성을 지르는 것 같다. 봄마다 초근목피로 연명하던 보릿고개를 점령한 역사적인 함성도 그 속에 있다. 그 함성의 깃발에는 희망의 상징어가 된 새파란 새 싹이 살아 있다.

그러나 봄은 아프다. 햇살에 찍혀 아프고 찍힌 상처에서 새 싹을 풀어내느라 아프다. 아픔 뒤에 듣는 옹알이는 아픔으로 가득한 기쁨의 소리를 빚는다.

봄은 말할 나위도 없이 봄[見/視]이다. 그 눈으로 둘러보는 사방은 아릿한 초록융단이다. 융단이 심심할까봐 수놓은 꽃숭어리에서 피어오르는 향기를 가득 품은 동산에 깃을 다듬은 새가 날아든다. '온갖 잡새가 날아든다'라는 민요가락이 흥을 돋운다.

새 생명을 심고 가꾸는 계절은 뭐니 해도 봄이다. 봄에 심은 씨앗을 가을에 걷어 들인다. 그런 점 사람도 봄은 새 출발의 계절이다. 이 글 또한 봄을 말하고 있다. 세상만사는 봄에서 시작하여 가을에 그 결실을 본다. 겨울은 결실을 저장하여 돌보는 계절일 테고.

봄이 어떻게 생겼느냐고 느닷없이 물으면 어째야 하나. 나는 남향 거실에 내려앉아 쉬어가는 햇살을 손바닥으로 쓸어 보여줄 것이다. 봄 햇살에 등을 기대고 한 며칠 가볍게 앓아도 좋을 아지랑이 같은 것도 보송보송 담아 보여줄 것이다.

지난겨울을 뿌리치고 다시 또 새로운 계획을 짜야겠다. 그 계획 속에 깃드는 밀물 썰물 같은 삶의 운행을 찾아야겠다. 춘수만택春水滿澤의 아늑한 물살소리도 잔잔하게 다스리는 지혜를 익혀야겠다.

하지만 나는 아무것도 세우지 못하고 있다. 내 계획이 떨떠름하다. 봄아, 봄아.

반반한 돌이 있던 자리에 그 돌이 없다. 세모꼴을 닮은 돌만 날카로운 뿔을 치켜세우고 있다. 그 뿔에 어제 본 듯한 새가 한 마리 앉아 있다. 반반한 돌은 누가 어디로 옮겼을 것 같다. 앉아 있던 새가 훌쩍 날아 가버린다. 햇빛이 내려와 새가 앉았던 자리에 앉는다.

세모꼴 돌의 뿔은 위태롭다. 나는 그 돌에 앉을 수 없다. 앉을만한 자리를 찾는데 돌이 무슨 귀띔을 주는 것 같다. 햇빛이나 쓰다듬으라고 하는 소리가 들리는 느낌을 받는다. 손바닥으로 돌을 쓰다듬는다. 아직 나이 어린 햇빛이 앉은 돌이다. 돌을 쓰다듬던 손으로 얼굴을 문질러본다. 새와 햇빛에 대해서 생각하기로 한다.

진달래가 핀다는 소식을 들었는데 벌써 지고 있다. 지는 꽃잎도 마땅하게 앉을 자리를 둘러보고 있었을 것이다. 나는 그런 꽃을 보다가 날카롭게 뿔을 치켜든 조금 전의 돌을 본다. 돌 속에는 혁명공약 같은 눈을 부릅뜬 구호가 들어 있을 듯하다. 모가 서늘한 뿔을 지휘봉처럼 휘두르고 있어 보인다. 돌의 혁명정신을 날카롭게 치솟은 모에서 보는데 눈이 따갑다. 내가 만약 새라면, 내가 만약 햇빛이라면 그 촉수를 세운 돌에 앉을 수 있을까.

시간이 지나간 길을 찾아가는데 시간은 보이지 않는다. 마른 가지라고 여겼던 지난 겨울속의 나무가 푸른 잎눈을 푸릇푸릇 드러낸다. 그 기운을 받은 안목으로 새로 태어나는 잎눈과 가시덤불에도 관심을 보이고자 한다. 가시덤불 앞에서 발을 멈춘다. 어제 다르고 오늘 다른 계절의 변화라고 말을 하려는데 어디서 까치가 깍깍 울고 있다. 까치란 놈이 맞다 맞다며 고개를 까딱거리고 있겠다는 혼자만의 넋두리에 빠진다. '어디서 무엇이 되어 만날까'(김광섭「저녁에」), 나는 까치를 동무삼아 산길에서 만나고 있지 않는가.

낙엽더미에 주저앉아 봄빛의 등을 타고 오는 포근한 햇볕을 만진다. 이런저런 혼자만의 봄나들이를 모처럼 즐기는 내 앞에서 햇볕은 어느새 가시덤불과 나뭇가지에 올라앉아 잎눈을 틔우는 작업을 돕고 있다. 그런 햇볕이 좋아 나는 푸릇푸릇 물을 들이키는 듯한 나뭇가지에 눈을 판다.

노루귀 한 쌍이 낙엽더미 속에서 어린 눈을 깜박이고 있다. 노루귀와 만났다고 나는 속으로 반가워한다. 그러나 노루귀는 사람을 오히려 두려워할 것 같다. 약삭빠른 사람들이 좀 희귀한 꽃이나 나무를 보면 뿌리 채 파서 어디론가 옮기는 것을 노루귀는 알고 있을 성 싶다. 사람을 조심하라고 노루귀의 이웃들이 단단히 타이르고 있을 것이다. 멋모르고 믿었다가는 큰 낭패를 당할 것이다.

어떤 권력에 빌붙어 권력을 도우는 척 살살거리다가 권력의 등을 처먹는 비루한 세상 아닌가. 낭패를 당한 권력자는 그 수완을 미처 알지 못한다. 당했다고 깨달았을 때는 이미 늦다. 사람은 사람을 믿어야 하는데 믿을 자가 없다는 말은 어떤 점 진실이다.

김밥 한 토막을 입에 넣는다. 망울을 터뜨리기 시작한 홍매를 눈에 담는다. 봄은 입으로 맛보고 눈으로 맛보는 계절이라고 홍매 가까이로 다가선다.

수다 떠는 사람의 소리를 듣는지 홍매는 칼칼한 바람에도 잘 견디며 꽃망울을 일제히 터뜨리기 시작한다. 추위를 견디는 참을성을 말한다면 아무래도 홍매가 으뜸인 성 싶다. 간단한 김밥요기를 하고 차를 마시는 동안 누가 홍매에 카메라를 들이댄다. 부지런한 그는 홍매 가까이로 카메라의 눈을 대다가 좀 떨어진 거리에서 찰칵 셔터를 누르기도 한다.

홍매의 아름다움을 카메라에 담는다. 카메라는 홍매에

갑질노릇을 하지 않는다. 홍매가 무엇을 어쨌기에 카메라 속에 가두느냐고 말하는 사람도 물론 없다. 오히려 홍매를 찍는 카메라 앞에 줄줄이 얼굴을 내밀고 홍매처럼 봄을 맞이하겠다고 하는 사람들이 손가락으로 브이V자를 그리며 밝은 웃음을 짓는다.

웃음이 있는 곳에 봄이 온다. 봄을 맞이하자면 미소를 지어야겠다. 가벼운 웃음이라도 웃는 것이 봄으로 가는 첩경이지 싶다. 웃는 얼굴에 침 밭으랴하는 말을 들어보아도 웃음은 소통을 낳고 친교를 낳고 봄을 낳는다.

말하나 마나 홍매는 가지마다 향기를 조롱조롱 매달고 있다. 아직 추위에 웅크린 사람의 마음을 따뜻하게 데우는 웃음을 찾아 모닥불을 쬐듯 신춘향新春香이 된 홍매를 둘러싼다.

매화 말고도 봄이 가까이 오고 있음을 알리는 난이 또 있다. 칼칼한 추위 속에서 피는 정초의 보세란報歲蘭은 깊고 은은한 향기로 해가 바뀌고 있음을 귀띔하는 계절의 살가운 안내자이다.

홍매를 아끼고 보세란을 기리는 마음은 홍매처럼 훈훈하고 보세란처럼 매운 향기로 넉넉할 것 같다. 아니 그렇게 본받으려 노력하는 은근한 마음이 있다. 어떤 사무실에는 푸른 잎이 칼칼한 난분이 사무실의 분위기를 한결 부드럽게 하는 효험이 있어 보였다. 부드러움 가운데 은근한 칼칼함이 있어 하는 업무에 빈틈이 없으리란 생각이 든다.

한때는 정숙靜肅이니 공명정대公明正大등의 두툼한 먹글씨 액자가 사무실 벽에 걸렸었다. 그런데 이제는 매화분이며 난분이 사무실을 차지한다. 그것은 은유다. 사무실을 찾는 사람의 마음을 한결 맑고 편안하게 하는 구실을 난이 말하고 있다.

봄은 공무를 보는 사무실 안에 먼저 온다고 말해야겠다. 그렇다고 봄이 사람 차별을 하는 것은 물론 아니다. 서민을 위한 공무가 순조롭게 잘 돌아야 살기 좋은 세상이 되리란 생각이 드는 것도 홍매를 보고 난을 본 날의 감상이지 싶다.

수런거리는 나뭇가지의 움직임을 듣는다. 경칩이 가까이 오는 아침나절이다. 성악과 교실의 수업시작분위기를 나뭇가지에서 보기도 한다.

나뭇가지 아래로 조금 더 다가선다. 겨우내 안으로 보듬고 있던 목소리를 고르느라 나무는 좀 들떠 있어 보인다. 그 분위기에서 부드럽게 터질 잎눈과 꽃눈을 연상하면서 아, 봄이 보인다며 혼잣말을 해도 좋겠다.

꽃눈은 어쩌면 연등인지도 모른다. 나무는 일찌감치 초파일 준비를 하느라 수런거리고 있으리라. 나무를 보는 사람의 마음은 지나치게 성미가 급하다. 슬로우 후드slow food

처럼 뜸들이고 있는 잎눈을 모르고 꽃눈을 모르고 심지어는 아직 두어 달이나 넉넉히 남은 연등을 서둘러 들춘다. 앞서가는 생각은 세상을 새롭게 하는 힘이 된다. 그러나 뜸을 저버린 나무는 뜻밖의 힘든 고비를 겪게 된다. 든든한 잎눈과 꽃눈을 보자면 넉넉한 뜸을 들여야 했다.

산기슭에 우뚝 선 벗나무가 환한 벗꽃을 달고 있던 어느 해의 가을이 생각난다. 봄과 가을을 착각한 벗나무였다. 나무만 그런 것은 물론 아니다. 꽃눈을 연등에 비유하려던 내 생각도 실은 일종의 성급한 착각이나 다름없다.

봄을 맞이하고자 대청소를 하던 시절이 떠오른다. 겨우내 웅크리고 있던 잡동사니를 끌어낸 자리를 말끔하게 쓸고 닦았다. 아버지는 춘수만택春水滿澤 건양다경建陽多慶이라는 봄맞이 글을 대문에 붙이셨다. 봄은 소중한 손님이었다.

도시에 살면서 봄을 잃어버린 느낌이 드는 것은 서운한 일이다. 그 서운함에서 벗어나고자 아파트 정원의 나무에서 계절이 오가는 발자국소리며 몸짓을 보고 듣는다. 그런 일마저 없다면 아파트 생활은 더욱 얄팍할 것이다.

봄이 무르익어도 잎눈을 틔우지 않던 나무를 볼 때는 안타까웠다. 그러다가 가느다란 높은 가지 끝에서 푸른 기운이 살짝 비치는 것을 보고는 비로소 마음이 놓였다. 나무를 짝사랑하고 있었구나. 궁실거리고 있으니 그 나무 곁을 오가던 발걸음이 슬그머니 따뜻해진다.

언제부터인지는 모르지만 나무와 동행하고 있었을 나를
생각한다.

지나가는 사람들

언제 어디서 본 듯한 사람이 지나간다. 아는 사람이라곤 가뭄에 콩 나듯 하는 도시인데 어디서 본 듯한 그를 한참 보다가 눈을 돌린다.

키가 후리후리하고 코가 두드러진 검은 안경이 저만치 지나간다. 미국이나 러시아 사람인지 알 길이 없다. 터번이라도 머리에 둘렀으면 중동 어느 나라에서 왔거니 하고 짐작할 수는 있다. 지나가는 사람은 그냥 지나가는 낯선 사람이다.

덤프트럭은 방금 무슨 괴력을 자랑이라도 하듯 당당한 위력을 뽐내며 지나갔다. 트럭은 지나가는 것이 아닌 거리를 휩쓰는 태풍세력이나 다름없는 괴물 같다고 나는 입속으로 투덜거린다. 도시를 휩쓸고 지나간 태풍에 전깃불이 끊어지고 크고 작은 간판들이 대롱거리며 그 아래를 지나가는 사람을 위협하던 때가 있다. 사람이 편하게 마음 놓고 살 수 있는 곳을 안전사회라 하겠다. 그런데 안전하다고 믿을 수 있는 곳이 드문 세상이다. 여기 불쑥 저기 불쑥 터지는 사고다발인 세상 아닌가.

과학은 지구 밖에 또 다른 위성이 있고 그 위성에도 생명체가 살고 있을 것이라고 짐작한다. 우주 너머의 우주가 궁금하여 탐사선을 띄워 우주개발이라는 이름으로 나라와 나라 끼리 서로 경쟁하느라 은근히 열을 올린다. 달나라에 발걸음을 띤 우주인 암스트롱은 그가 착지한 곳에 기를 꽂았다. 달 착륙을 기념하는 뜻이기도 하겠지만 알고 보면 기가 꽂힌 지역이 그 기의 나라 몫이라는 암시이기도 하다. 사람들은 누구나 땅을 측량하고 그 땅에 표지를 꽂는다. 사람만이 아니다. 짐승들도 그의 구역을 알리는 배설물을 쏟는다. 그런 점 인간이나 동물이나 영역표시에 있어서 그다지 다른 점이 없어 보인다.

나날이 오염되는 지구라고 뜻있는 사람들이 입을 모와 염려한다. 알파α가 있으면 오메가ω 또한 있는 세상이다. 아침에 뜬 해도 저녁엔 진다.

방금 지나간 호루라기가 또 이쪽으로 온다. 호루라기는 무슨 질서업무를 맡은 것 같다. 그가 호루라기를 불며 저쪽으로 가는데 좌판을 벌리고 앉았던 저쪽 거리의 늙수그레한 아낙네들이 보따리를 싸들고 더 먼 저쪽으로 우르르 자리를 옮긴다. 타작마당에 앉았던 참새무리가 저쪽 담장으로 후루루 날아 앉던 좀 불안해 보이던 이동을 호루라기 소리에서 본다. 파란 색 모자를 쓴 호루라기는 팔에 무슨 완장인가를 둘렀다.

난장장사꾼들은 완정을 두려워한다. 거리질서유지에서 만은 호루라기가 절대권력자처럼 보인다. 그런 기세로 종일 이쪽과 저쪽거리를 왕래한다. 하기야 그런 권세라도 있어야 고단함을 잊을 수 있겠다.

누구 말할 것 없이 사람은 권세를 거머쥐고자 안달이다. 해를 좇아가는 해바라기처럼 권세라는 해를 좇아 앞서거니 뒤서거니 삶의 경주에 골몰한다. 나라를 안전하게 지키고 그 나라에 사는 백성들의 삶을 넉넉하게 돕고자 하는 것 또한 권력자의 몫이다. 당연한 말이지만 권력자가 만일 사사로운 권력행위를 저질을 때 그 권력은 모래성처럼 슬그머니 무너지는 파멸을 겪는다. 어느 공사장에서였다. 공사장 곁에 서 있던 멀쩡한 건물이 와르르 힘도 없이 무너졌다. 공사현장만 생각하느라 그 현장 곁에 있던 건물은 살피지 못한 탓이다.

언제 어디서 본 듯한 사람이 방금 또 지나간다. 지나간다는 말과 지나가지 않는다의 사잇길에서 낯이 익은 듯 익지 않는 듯 지나간다. 지나가든 말든 관여할 일은 전혀 아닌데 나는 공연히 지나간다는 말을 한다. 그를 따라 시간도 지나간다. 그것은 그의 시간이다. 시간은 누구에게나 같은 듯 같지 않은 얼굴을 한다. 나는 그 얼굴을 본다. 얼굴이 길다. 그의 시간이 길다. 지금 그런 시간을 보고 있다. 그러고 보니 세상에는 긴 시간, 짧은 시간, 둥근 시간, 네모진 시간 등 얼굴생김에 따른 시간이 있어 보인다.

나는 뭔가를 쓸 소재를 생각한다. 언제 떠오를지 모르는 기약도 없는 소재를 찾아 두리번거린다. 일단 생각이라는 주머니를 소재가 옴직한 방향으로 열어놓기로 한다. 기차며 버스는 오고 가는 시간이 정해져 있다. 하지만 아이디어란 놈은 어느 때 갑자기 와서 흔적도 없이 사라진다. 냉정한 아이디어다. 그런 때는 소재를 끌어안을 단단한 준비를 하는데 그걸 눈치 챈 아이디어는 어디론지 슬쩍 비켜가는 듯하다. 아이디어란 놈은 모든 일에 서툰 나를 그다지 반기지 않는 것 같다.

그러나 바위틈에 뿌리를 걸고 자라는 나무를 보았을 때는 생각이 달랐다. 나무를 밀어내려는 바위 아니던가. 나무는 온갖 노력으로 바위의 몸에 뿌리를 걸고 애틋해하는 것이 눈에 보이는 듯했다. 공생공존의 정신이라고 나는 말한 것 같다. 바위틈에 뿌리를 뻗은 나무, 그걸 받아들일 줄 아는 바위를 나는 기억의 한 장면으로 보고 있다.

조금 전에 지나갔을 사람이 또 지나간다. 지나가는 사람으로 도시는 도시라는 이름값을 하는 것 같다. 그런데 나는 도시의 이름값에서도 어울리지 못하는 어중간이다. 어디 좀 퍼져 앉을까 싶다.

찢어진 여백餘白

지금 무엇을 말하려는지 분명하게 모른다. 무엇이 잘못됐다는 말 같기도 하고 아니다. 다만 무엇이 무엇으로 몸을 바꾸는 현재진행중이라는 짐작을 한다. 그런 짐작에 때로 마음 쓰인다. 나는 현재진행을 즐긴다고 말하고 싶다.

생각을 바꾸려면 먼저 있던 생각은 다 길어내어야 한다. 비운 뒤 다시 돌아보는 것이 순서일 것이다. 지금 그 순서를 말하고 있다. 순서는 질서이며 사회가 말하는 이른바 약속이다. 하나에서 열까지 헤아린다고 치자. 가령 하나 둘 셋 뒤에는 당연히 넷인데 그걸 여섯이라고 할 경우 여섯은 순서를 새치기하는 셈이다. 이런 경우 수학으로 말하는 순서가 아닌 예술이 말하는 순서와 놀고자 하는 마음이 나를 엉뚱하게 밀어붙이고 행동하게 한다고 멍청하게 말한다. 예술에는 당연히 예술이 갖는 참이 있다고 핑계나 다름없는 변명을 댄다. 참을 위한 길을 탐구하는 수법이라며 더 듬거리는 소리를 하고 있다.

시시콜콜하게 더 이상 이러니저러니 따지지 않으려 한

다. 따질 경우 그 속이 뭔가 수상하다. 무엇이 수상한지 궁금해 할 이유는 그다지 없다. 궁금하다면 그 속을 파헤쳐 보면 될 것이다. 그런데 나는 게으르다. 때로는 게으름을 무릅쓰고 파헤치기로 한다.

무슨 지각변동이 내 안에 꿈틀거린다고는 생각하지 않는다. 심경의 변화라고도 생각하지 않는다. 터무니없는 변화를 가져보는 것도 그럴싸한 일이라고 생각할 뿐이다. 나는 정치인이 아니기 때문에 이런저런 천방지축이나 다름없는 생각의 변화를 갖는 것도 이상한 일은 아니다. 그 변화가 남에게 어떤 추태나 손해를 끼치지 않는다고 생각한다. 그런 점 정치인이 아니기 천만다행이다. 정치인의 경우라면 보다 더 깊이 세상을 생각하고 주변의 충고에 귀를 기울이는 현실에 알맞는 노력을 기울여야 할 것이다. 그런 점 나는 엄청 자유롭다.

자유라는 말을 아무 거리낌도 없이 떠벌리고 있다. 하지만 자유에도 구속이 따른다는 것을 알고 있다. 사회생활이란 것은 혼자만의 세계는 아니다. 만약 혼자 사는 세상이라면 자유라는 개념조차 생각할 필요도 없다. 여러 사람과 어울려 사는 세상에서는 그 사회가 요구하고 필요로 하는 이런 저런 규범이 따르기 마련이다. 나는 그 규범 속에서 규범을 따르고 지켜야 살 수 있는 자유인이다.

자유는 어떤 점 고독하다. 자유스러워 보이는 여백 또한 고독하다. 고독 속에서 새로운 무엇이 알을 깐다. 고독하지 않으면 나올 수 없는 결과물이 고독이라는 패각 속에서 알이 여물고 탄탄한 결실을 맛보게 된다. 나는 그것을 음미하고자 한다. 눈으로 보고 혀로 맛보고자 포크로 찌르고 칼질을 한다. 대상을 더 깊이 알고자 대상 속으로 들어가 그 대상의 이런저런 면모를 파헤치는 작업을 생각한다. 그러니까 눈으로 보고 혀로 맛보고자 하는 것은 대상을 파헤치는 대상의 발굴행위다. 가만히 있는 대상을 파헤쳐 그 속을 알고자 하는 행위는 대상을 파괴하는 비정한 파괴자다. 그런 여력으로 여백이 갖는 의미를 찾으려 대상의 구렁 속에서 몸부림치듯 허우적거린다. 여백이 어디 있나를 찾아 허우적거리고 허우적거려도 알 수 없어 다시 허우적거린다.

 지금 무엇을 말하려는지 분명하게 모른다. 모르기 때문에 모른다고 말한다. 아는 것은 아는 것만큼 안다고 말한다. 모르는 것은 모르는 것만큼 모른다. 지금 이 글의 길이 어디로 뻗어나가고 있는지 분명하게는 모른다. 아는 것은 다만 지금 이 문장을 쓰고 있다는 사실 뿐이다. 그 사실을 놓치지 않으려 한다. 사실은 사실이니까 사실 아닌 것은 쓰지 않기로 한다. 그러면 사실과 사실 아닌 것의 구별은 어떤 것일까 하고 고개를 갸웃거린다. 결국은 이것도 저것도 아니란 것에 도달하고 나는 지친다. 숨을 좀 고르기로 한다.

한국화를 보고 나는 저 텅 비어 있는 여백이 바로 무슨 정신의 핵심이구나 하고 느낀 적이 있다. 나무가 한 그루 서 있고 한 채 오두막이 나무 아래 좀 비켜선 자리에 서 있는 그림이었다. 쓸쓸하다고 말하지 않아도 쓸쓸함으로 가득 찬 그림처럼 보였다. 그 쓸쓸한 것은 소나무가 아닌 한 채 오두막이 아닌 그림 구석에 방치된 여백에서 오는 듯했다. 넓은 화선지에 그린 쓸쓸함이란 생각이 드는 것은 무리가 아닌 성 싶었다. 침묵을 대변하는 것 같은 그림 앞에서 나는 말을 잊었다. 말을 한다는 것은 군더더기에 지나지 않아 보였다. 군더더기는 지우자. 글을 쓰면서 이런 생각을 수없이 한다. 글쓰기든 그림 그리기든 쓸쓸함을 말하는 것은 여백에 있을 것이다.

어느 음악가는 한 5분인가 하는 동안 피아노 앞에 가만 앉아 있다가 퇴장했다는 기사를 읽은 적이 있다. 그 5분은 침묵의 소리, 적막의 소리로 연주하는 시간이었을 것이다. 침묵은 침묵의 소리, 적막은 적막의 소리라는 것을 그 연주자는 말하고 싶었을 것이다. 그렇게 생각하니 지금 쓰는 이 문장은 부질없는 노릇이다. 차라리 한 장 백지로 남겨 두는 것이 현명한 노릇인지도 모른다. 그런데 지금 또 쓰고 있다. 쓴다는 것을 쓰고 있다. 쓰지 않아도 될 것이란 생각은 우선 유보하기로 한다. 쓰는 동안만은 쓰는 것으로 마음에 담기로 한다. 같잖은 변명을 늘어놓으면서 나는 쓴다. 이 경우에 있어서만은 나를 지키고자 안간힘을 쓴다. 살고 싶기 때문이다.

　정치인은 정치로 살고 경제인은 경제로 산다. 교육자는 교육, 종교인은 종교로 산다. 글을 쓴다는 나는 글에 등을 기대고 사는 것이 그나마 도리이지 싶다. 그러니까 도리는 도리답게 가꾸어나가야 한다. 글을 써서 배부르기는 처음부터 글러먹은 도리다. 하지만 글을 써서 우리말을 지키고 우리말을 참신하게 갈고 닦는 일에나마 마음 쓰는 노력이 사는 보람일 수 있는 도리다. 크게 생각하지 않기로 한다. 사회생활에서도 크게 먹으려다가 실패한 사람은 부지기수다. 어느 식당은 사업이 잘 되어 돈을 벌었다. 식당규모를 더 넓혀 손님을 더 끌어들이면 거부가 될 것이라고 집을 헐어 새로 지었다. 그런데 매상이 떨어지기 시작한 것이다. 손님이 왕이라는 말은 손님의 입맛이 왕이라는 말을 잠깐 잊었던 것 같다. 건축비를 만회하고자 한 것이 실패의 원인이었을 것이다.

　지금 무엇인가를 어렴풋이 짐작할 수 있을 것 같다. 이 짐작의 바닥에는 모르는 것으로 아는 것이 된 무엇이 깔린다. 이 글에서 손을 뗄까. 그런데 허전하다. 이유나 알고 보자. 이렇게 글 바닥에 눈을 꽂는데 모르는 것을 알 것 같다고 우기는 소리가 있다. 시시껄렁한 소리를 조리도 없이 하고 있다는 것을 깨닫는다. 하나의 깨달음은 다음 깨달음으로 이어지는 연결고리를 갖는다. 나는 그 고리에 질질 멱살 끌려가는 무엇이다.

날이 흐리고 비라도 왕창 퍼부을 기세다. 비에 후줄근하게 젖은 내 몰골이 저만치 끌려가고 있는 꼬락서니를 보는 것은 따분하다. 이런 처지를 그림으로 그려본다. 넓고 크게 축 처져버린 내 여백, 그것은 갈기갈기 찢어진 낭패일 것만 같다.

제2부

까끄까끄

어느 나무에선지 '까끄까끄'하는 소리가 들린다. 전혀 들어본 적이 없는 정확한 4음보로 내뱉는 새 울음이다.'까까까까'로도 들린다. 소리의 변조장치를 나도 몰래 내 귀에 끼운 듯하다.

소리는 걸음을 좀 멈추라고 하는 당부도 있어 보인다. 숲속을 가만 살핀다. 탐조가라면 소리만 듣고도 그게 무슨 새인지 금방 알 수 있을 것이다. 그런데 나는 가위를 든 이용사를 떠올리고 있다. 머리는 그저께 짧게 깎았다고 중얼거린다. 눈치도 없이 불어나는 군살을 깎고자 산길을 걷는다고 다시 말하고 있다. 이렇게 입속말을 하는 사이 짚이는 것이 있다. 원고 매수를 채우고자 이런저런 군말로 질질 문장을 끌었던 일이 한 두 번 아니라고 울음소리에 고백하고 있다. 오죽 딱하면 산에까지 따라와 문장 속의 군더더기를 깎으라고 연거푸 타이르겠는가. 고마운 울음소리라고 다시 사방을 천천히 살핀다.

콜라겐이라는 말을 가끔 듣는다. 구체적으로 무슨 작용

을 하며 어떻게 생겼는지도 전혀 모른다. 그러면서 며칠 전에는 콜라겐이 들어 있다는 돼지족발 껍데기를 한 접시나 비웠다. 몸속에 콜라겐이 들어찬다면서 흡족해 했다. 생각하기 나름이라고 하는데 그 순간부터 몸에 기운이 돋아나는 느낌으로 은근히 마음이 좋았다. 그런데 과유불급過猶不及이라던가. 지리멸렬하게 끌어나간 문장의 군더더기처럼 몸이 불어난다는 생각을 지울 수 없다.

새는 불어나는 몸을 염려하고 있었는지도 혹 모른다. 헐떡거리면서 산길을 타는 낌새가 아무래도 시원치 못하다고 '까끄까끄'하는 분명한 음조로 거푸 타일렀을 것이다. 불룩하게 튀어나온 배를 안으로 끌어 들이라고 쿡쿡 찔러대는 소리로 내질렀을 것이다. 나는 새에게 꾸벅꾸벅 고마움을 나타내듯 허리를 굽실거리며 가파른 산길을 탄다. 허겁지겁 숟가락질을 하던 끼니를 어떻게 하나하고 뻘뻘 땀을 흘리며 뉘우친다.

언젠가 들은 적이 있는 목수의 대패질소리가 새삼 떠오른다. '까끄까끄'소리 비슷한 음감으로 나무를 깎는 중이었다. 새가 대패 속에 들어 있었는지 대패가 새 울음 속에 들어 있었는지 모른다. 대패질 소리를 듣던 날이 먼 메아리 소리처럼 귓속을 우비곤 지나간다.

소리는 어떻게 듣느냐에 따라 느낌이 달라진다. 가만히 입속말로 듣는데 이번에는 또 엉뚱하다. '뻐꾹뻐꾹'하는 소리가 어떤 정직성처럼 귀에 착 감겨든다. 조금 전의 '까끄까끄'소리가 잠깐 사라진 틈을 비집고 들어오는 소리다. 귀가 또 변덕을 부린다고 나는 새끼손가락으로 귀를 우빈다. 책에서도 흔히 읽은 본토박이 같은 소리가 우빈 귓속으로 들어온다. 청각기관이라는 소리의 입력회로를 통과한 '까끄까끄'가 갑자기 '뻐꾹뻐꾹'으로 소리의 변조현상을 일으킨다. 뜻밖이다. 생활 가운데 뜻밖이라는 일이 어디 한두 번이던가.

안방에서 듣는 말과 부엌에서 듣는 말을 깊이 새겨야 탈이 나지 않는다고 들었다. 새 울음소리는 그것을 타이르고 있는 셈이라고 또 멋대로 해석한다. 새소리는 혹 안방소리인지도 모른다. 아니 부엌소리일 것이다. 나는 지금 산길을 타고 있다.

정치판도 예외는 아닌 것 같다. 까끄까끄 까까까까 뻐꾹뻐꾹, 야단법석이다.

언덕 위 이글루

가시덤불에도 눈발이 내려앉는다. 날카로운 가시에 찔리는 듯 쑤군쑤군 아픈 소리를 하는 낌새가 있다. 짚동우리처럼 우거진 가시덤불이다. 그 덤불 속에서 작은 새들이 푸르르 날아오른 적도 있다.

하얀 오두막이 새로 생겼다며 눈에 묻힌 가시덤불과 그 언덕을 한 동안 본다. 한나절 동안에 퍼부은 눈은 산은 물론 도시를 하얗게 이불처럼 에워싼다. 눈에 묻힌 가시덤불은 그 속에 웅크리고 있을 산새를 꼭 품고 있을 것만 같다.

눈발에 묻힌 하얀 언덕이며 도시는 또 다른 종류의 이글루 단지를 연상케 한다. 사람은 그 속에서 사는 존재 아닌가. 눈처럼 하얗고 티끌 없는 생각으로 날마다의 삶을 이어간다고 여기면 세상은 눈부시게 맑고 깨끗하다. 그러나 금방 내린 눈이 발길에 짓밟혀 지저분하게 구겨지듯 삶이란 그렇게 깨끗한 것만은 아니다. 앞서가는 자의 뒤꿈치를 밟아 쓰러트리려는 자가 세력을 잡아 떵떵 큰 소리로 안하무인의 눈알을 굴리는 비루한 현실도 부지기수다. 어제 친

한 척하던 자가 갑자기 등을 돌려 상대의 등에 칼을 꽂으려 기회를 노리는 음모도 비일비재한 세상이다. 무서운 칼부림을 눈앞에 두고 사는 세상임을 아무도 아니라고 하지 못한다. 너 죽고 나 살자는 못된 싸가지가 세상을 더없이 암담하게 한다. 순백 순정이나 다름없는 눈을 두고 이처럼 모질게 생각하다니 내 성질머리부터 먼저 고쳐야겠다.

아직 가보지 못한 에스키모의 이글루를 상상으로나마 보는 생각에 호젓한 그림이 떠오른다. 나는 그 그림을 내리는 눈발 속에서 보기로 한다. 에스키모 아이들이 눈썰매를 타고 노는 장면이 망막 가까이로 다가온다. 사냥을 끝내고 돌아오는 털모자로 얼굴을 가린 사람이 손에 뭔가를 단단히 쥐고 있다. 그것이 무엇인지 잘 보이지 않는다고 슬그머니 고개를 갸웃거린다. 눈발은 아직 쑤군쑤군 쌓이고 있다.

가시덤불이 있는 언덕 위로 무엇인가 달려가는 기척이 있다. 오후 내내 줄곧 창문 밖으로 시선을 꽂고 있던 눈에 부스럭거리는 나뭇가지 소리도 들리는 듯하다. 눈발은 잠시 그치는 듯 다시 내리고 있다. 하얀 눈발에 묻힌 세상은 눈 오는 날의 순백, 순결을 생각하게 한다.

한 채의 커다란 이글루가 된 세상이 망막에 떠오른다. 눈의 나라, 눈의 세상이다. 순박한 눈. 그러나 그 아래 사는 사람은 그다지 순박한 것만은 아닌 것 같다. 순박하게 살면 남에게 오히려 짓밟힌다. 내 몫을 빼앗긴다. 좀 꼬불꼬불한 생각이지만 실제 세상이 그렇다. 뱃속에 든 꼬불꼬불한 창자를 닮아서 그렇다면 어쩔 수 없지만 창자는 꼬불꼬불해야 제 기능을 충분히 다할 수 있을 것이다. 그런데 사람의 성격이 꼬불꼬불하다면 무엇을 위한 굴곡인지 생각해 보아야 할 것 같다.

눈은 이런 세상을 말끔하게 정화시키려는 의도인지도 모른다. 하늘의 뜻을 한 개 인간이 어찌 알겠느냐. 그런 생각으로 눈을 보고 있으니 눈 속에서 무슨 웅장한 소리라도 울리는 환청에 찬다. 그것은 하늘의 소리다. 하늘이 땅에게 타이르는 소리다. 그런데 그 소리의 의미를 미처 깨닫지 못하고 나는 이글루니 뭐니 하면서 멋대로 눈을 읽는다. 이런 경우 말할 이유도 없이 눈을 오독誤讀하고 있는 셈이다.

살면서 얼마나 더 많은 세상을 그릇되게 읽고 판단하고 있었는가. 그걸 뉘우치기는커녕 오히려 당당한 것처럼 여기고 있으니 딱한 일이다. 그런데 한 가지 위안은 있다. 세계를 참신하게 보려면 이미 있는 세계의 내부를 보다 치열하게 보다 알뜰하게 보아야 하는 점이다. 예를 들면 나뭇잎이 왜 저처럼 푸르냐고 할 때 나는 햇빛이 수고하는 팩 pack이라는 생각을 한다. 뿐만 아니다. 나뭇잎이 갖는 비밀번호를 햇빛이 알고 나뭇잎 속으로 푸른 햇빛이 들어가기 때문에 나뭇잎이 푸른 빛깔을 띤다고 멋대로 생각한다.

이걸 나는 수필적상상력이란 말로 멋대로 갖다 부친다. 수필에도 물론 남다른 상상력이 끼어들어야 보다 참신한 수필이 된다고 아는 척한다. 이런 척하는 말에 대해서 몇 번인가 다른 지면에서도 쓴 적이 있다.

눈은 잠깐 그치는 듯 다시 온다. 언덕에는 더 많은 이글루가 탄생될 모양이다. 저녁무렵에는 이글루공화국이 탄생되었다며 어디서 샴페인 터뜨리는 소리도 들을 수 있을 것 같다.

쨍그랑! 은빛 잔이 부딪치는 소리를 미리 듣는다.

비, 토라진

웃옷을 훌렁 벗고 거실에 앉았는데 온 몸이 땀범벅이 된다. 선풍기는 후덥지근한 거실의 공기를 그대로 몸에 덮어 씌운다. 한증막이 따로 없다. 어쩔 수 없이 에어컨을 켠다.

비를 기대하기는 글렀다. 일기예보는 번번이 어긋난다. 기상관측자인들 하늘의 심중을 다 알아차릴 수 없을 것 같다. 틀림없이 비가 오겠다고 관측한 예보는 뜻밖의 대기권 이동으로 예상이 확 깨진다.

비를 기다리는 사람이 있는 반면 햇빛이 더 강하게 퍼부었으면 하는 사람도 있는 세상이다. 농사를 하는 사람은 타들어가는 농작물이 안타까워 비를 기다린다. 양식어장을 하는 사람 또한 수온조절이 힘들어 비를 기다린다. 그러나 해수욕장에서 이런저런 장사를 하는 사람은 햇볕이 따가워야 벌이가 되니 비가 올까봐 은근히 염려할 것이다.

어느 장단에 비위를 맞출까 하고 하늘은 지상을 물끄러미 내려다보며 팔짱을 낄 것이다. 농사꾼 말을 들어주면 바닷가 장사꾼들이 서운하게 생각할 것 같다. 이런 때는 하늘도 우왕좌왕하기는 그다지 다름이 없을 성 싶다. 손을 놓고 흐르는 기압골이나 우두커니 굽어볼 도리 외는 달리 방법이 없을 것이다.

쏟아진 폭우로 물난리를 겪은 지역이 있다. 거의 일 주일 주기로 비가 내린 중부지역도 있다. 그런데 이 지역은 비의 혜택에서 소외되었다. 중부에 퍼부은 비의 단 몇 활이나마 남부로 배당되었더라면 중부의 물난리도 면할 수 있었을 것이란 혼자만의 우둔한 생각을 한다. 하늘의 일을 사람이 이러쿵저러쿵할 수도 없는 일인데.

과학문명의 발달은 생활에 빛나는 혜택을 준다. 마을 전체에 한둘 있을까 말까하던 전화기는 디지털시대에 이르러 각자가 소지하는 개인휴대전화기 시대가 되었다. 만화영화에서나 보던 로봇이 인간생활에 실용물이 되어 인간이 원하는 것을 척척 도우는 편이주의시대가 되었다. 하지만 이런 편리 뒤에는 온갖 잡동사니가 편리의 부산물처럼 생겨 그것이 대기에 뜻밖의 영향을 끼친다. 편리를 좇아가려는 인간에게 기상상태는 어떤 암시를 보내고 있지 않겠는가. 대기의 순환궤도에 혹 이상이 생겨 비가 오지 않는다면 그것은 단순히 비만의 문제는 아닐 것 같다.

인간생활을 위한 과학발달도 좋지만 인간이 살고 있는 환경을 생각하는 과학발달이라면 가뭄이라는 말에서 벗어날 수 있을 것이다. 그런데 인간끼리의 어떤 경쟁심에 의해서 인간은 물론 환경을 망가트리는 이런저런 크고 작은 일을 저질러 지구를 성가시게 한다. 환경폐해는 인류를 망가트리는 참사임을 누구나 다 안다. 그래서 비가 오지 않을까. 생각이 또 뒤웅박 뒤집듯 옹졸해진다. 비가 오지 않는다며 멀건 하늘을 쳐다보는 날이 심심찮게 있다. 그때마다 비구름을 시늉한 구름이 떠 있다가 슬그머니 사라지곤 했다. 이 지방은 비가 내려앉을 곳은 아니라고 구름이 말하는 듯하다. 혹 비의 발바닥을 다치게 하는 무엇이 지상에 깔려 있을까. 이런저런 생활쓰레기란 것이 비를 망설이게 하는 일이 되었을 것만 같다. 비는 아무 곳이나 함부로 내리는 것이 아니라는 생각을 하면 비를 맞이할 준비가 되어 있어야 한다. 비는 아리따운 신부다. 신부 출(出)! 하는 홀을 불러야 비로소 대청마루를 지나 사뿐사뿐 걸어 나온다. 그런데 신부가 걸어 나오기에는 환경이 너무나 험악하다. 생활폐기물저장소에는 얼핏 보아도 날카로운 쇠토막 같은 거, 유리조각 같은 것이 무슨 원망에 찬 삿대질을 휘두르는 것처럼 쌓여 있다.

　빨갛게 익은 불쏘시개 같은 바람이 창문으로 후끈하게 들어온다. 빗방울이 떨어지면 빨간 바람도 꼭지가 떨어질 것인데 하늘은 여전히 구름 반 쪽빛 반이다. 비를 기대하기는 어려운 일이다. 초라한 신랑이 되지 않으려면 의관부터 먼저 가다듬어야겠다.

거울 앞에서

거울 앞에 선 나는 거울 속에 들어가 있다. 거울 속의 나는 거울 밖에 서 있다. 어느 쪽이 진짜 나인가 하고 잠시 헷갈린다. 헷갈리는 재미에 끌려 거울 앞에 서는지도 모른다.

지하철을 공짜로 탈 때 젊은이 보기가 민망하지만 규정이라는 것이 그렇게 만들었다. 거을 밖의 내가 거울 속에 들어가는 일 또한 물리적인 어떤 규정이라면 어떨까. 나는 규정 속에서 규정을 고분고분 따르듯 거울 속에서 나와 지하철을 탄다고 말하고 싶다. 정치라는 소가지를 들여다보아도 무슨 규정덩어리가 움직인다는 느낌이 든다. 그러니까 덩치 큰 규정덩어리 속의 아주 미미한 규정나부랑이는 무임승차라고 하는 뻔뻔이인지도 혹 모른다.

피할 수 없으면 즐기라고 한 말은 지당한 것처럼 들리지만 왠지 서글프다. 현실에 순응하면서 살라고 하는 말처럼 들려 때로는 심통이 난다. 그래 어쩔 수 없이 순응해야 할까. 간사하고 따분한 생각이 고개를 든다. 나이 들면 아무튼 세상에 고분고분해야 한다는 말이 여기저기서 들리는 것 같다. 그렇게 무력한 것이 나잇값이라면 나는 어디에도 받아줄 곳이 없는 나이를 고수레하듯 확 던져버리고 싶다.

마음은 이른바 청춘인데 몸이 따라주지 않는다는 같잖은 한 마디가 내 안에서 들린다. 나는 청춘을 찾아야 한다고 그다지 재주도 없는 악다구니를 쓴다. 찾아야 한다니 그게 어디 있는데 하는 소리가 귀에 맴돌아 사방을 돌아본다. 캄 캄하다. 캄캄한 것이 나라고 하는 존재인 것 같다. 어느새 어둠을 둘러쓴 영상이 된 내가 안개에 가려진 듯 거울 속에 엉거주춤 서 있다.

현실은 안간힘을 쓰는 나를 뒷방으로 몰아 부치고 문에 탕탕 못을 치는 것 같다. 오늘은 오늘에 못을 치는 것 같다. 내일은 또 내일에 못을 치는 것 같다. 갇혀 사는 처지에도 나이는 어김없이 찾아든다. 나이란 것은 눈에 보이지 않고 만질 수도 없는 귀신덩어리 같은 것이지 싶다. 닫힌 공간 이라고 덩달아 닫힐 수는 없다고 수긋하게 말하고 있을 나 이다. 반갑지도 않는 나이란 것을 더벅머리처럼 슬쩍 덮어 씌우고 어디론지 잽싸게 사라지는 시간의 뒤꿈치를 본다.

주름살로 얽힌 얼굴을 쓰다듬는 나는 거울 속에 서 있다. 거울 속의 나는 처지는 주름살이나 희미하게 더듬고 있다. 멍청하다. 주름살에 나이가 들어 있다고 속으로 떠벌린다. 하지만 조금은 당당해야겠다. 나이를 거스르고 싶다는 생 각이 때로는 나를 돌아보게 한다. 아무것도 돌아볼 것이 없을 때 나를 돌아보는 것은 나를 알고 깨닫자는 혼자만의 쓰린 생각이다. 그렇다고 현실도피는 비겁하다. 도피하면 도피하는 그곳에 나이가 먼저 들앉아 기다리고 있을 것이다. 도피한다는 것은 도피를 오히려 도와주는 수단이겠다. 현실을 긍정하면서 현실을 초월하는 힘을 배우고 기루는 것이 차라리 그럴싸하겠다.

거울 속의 나를 가령 어떤 이상형理想型이라고 하면 거울 밖의 나는 현실긍정형現實肯定型이라고 하겠다. 이상과 현실이라는 수레바퀴를 탄 나는 때로 재주라고는 한 푼도 없이 거들먹거린다. 글을 쓴답시고 거들먹거린다. 그렇게 허세 부리는 나는 수시로 부끄럽다. 이를테면 봄에는 꽃이 피고 가을에는 과일이 익는다고 말할 줄 밖에 모르는 상투적인 사고에 젖은 처지는 한 치 앞도 볼 줄 모르는 맹추다. 어제 무얼 하고 누굴 만난 이야기를 한 점 여과도 없이 늘어놓는 글쓰기에서 과감하게 벗어나야겠는데 번번이 머리가 모자란다.

생각이라는 세계의 깊이와 놀아야겠다. 캄캄한 동굴이나 다름없는 그 세계 속에서 나를, 현재를, 현재 너머의 현재를 좀 더 찬찬히 보는 감각과 상상력을 키우는 모진 고삐를 다부지게 다그쳐야겠다. 나는 나를 단련시키는 매서운 회초리여야겠다. 늦은 저녁이라고 쓸쓸해하지 말자. 남들 보기에 어쩌면 서글픈 노릇이지만 일단은 그렇게 밀고 나가는 것이 살 길이겠다. 거울 밖의 나를 타이르는 소리가 거울 안에서 들리는 느낌에 찬다.

허욕은 부리지 말아야한다. 누구는 허욕 때문에 잘 나가던 자리에서 왕창 밀려났다. 나는 나를 알아야 마음 편하게 먹고 자고 오륙도가 눈앞에 보이는 이기대공원도 거닐 수 있다. 발아래 쾅쾅 부딪치는 파도소리도 들을 수 있다.

세상은 거울이다. 거울 앞에 선 나는 세상살이에 어리벙벙한 나를 본다.

비밀번호

　기억력 속에 열쇠를 넣고 다닌다. 내 집에 드나드는 비밀번호라는 열쇠다. 컴퓨터 파일을 열기 위한 비밀번호, 저금통장의 비밀번호 등 요즘은 누구나 비밀번호 시대를 살고 있다.

　비밀번호 이전에는 열쇠라는 것이 있었다. 그걸 호주머니에 넣고 다닐 적에는 쇠조각으로 된 꾸러미를 찾느라 이 호주머니 저 호주머니를 뒤지며 마음이 분주했다. 그러나 몇 개의 숫자로 구성된 기억력 속의 열쇠는 잃어버릴 염려가 없어 일단 홀가분하다.

　디지털시대는 헤아릴 수도 없이 많은 비밀번호가 날아다니는 공간을 관리하는 기구가 있어 때로는 비밀번호를 찍어라, 비밀번호가 틀렸다는 말을 듣기도 한다. 한번 잘못 찍은 비밀번호는 다시 찍어도 또 잘못 찍힌다. 난감하다. 만물의 영장이라고 뽐내는 사람이 비밀번호 앞에서 그만 기가 꺾인다.

　사람을 어리둥절하게 하는 세상이 디지털시대라고 투덜

거린다. 두뇌회전이 빨라야 디지털속도에 발을 맞출 수 있는데 나이는 따분하게도 그에 미치지 못한다. 몸만 굼뜬 상태가 아니다. 생각의 속도에도 굼뜬 회로가 머릿속에 들앉아 슬로슬로slow 하는 아날로그 핫바지를 움켜쥐고 있다. 빨라야만 살아남을 수 있다고 어느새 퀵퀵quick이 들앉아 슬로를 사정없이 뭉개버린다. 시대조류에 발맞추어 살아야 한다는 목소리가 있는가 하면 '느리게 살기'라는 고집도 만만치 않다. 하기야 빠른 것만이 능사는 아니다. 빠름 뒤에는 느림이 있다. 심호흡은 천천히 깊숙이에 생명력이 있다.

어느 때는 막힌 비밀번호의 길을 찾느라 한길에 나와 지나가는 차량에 눈을 판다. 멍하니 보고 있는 눈에 덩치 큰 자동차가 덩치 작은 승용차에 떠밀리듯 달리고 있다. 버스 꽁무니를 따라 알랑거리듯 승용차가 연방 꼬리를 흔든다. 승용차에도 이런저런 색깔이 있다. 까만 승용차 뒤에 회색이 따라가고 녹색과 백색 그리고 올망졸망 따라가는 빨간 승용차도 있다. 까만 승용차는 왠지 가슴을 쑥 내밀고 여봐라 얌전을 빼는 듯하다.

저금통장의 비밀번호를 까먹고 적금한 돈을 찾지 못했다는 지인의 이야기를 들은 적이 있다. 누가 뭐래도 분명히 내 집인데 비밀번호가 틀려 들어가지 못할 때는 지인의 이야기가 떠오른다.

글이 잘 풀리지 않는 것은 글을 감싸고 있는 비밀번호를 모르기 때문이겠다. 연초록이던 나뭇잎은 어제 오늘 사이에 녹색으로 몸을 바꾸고 있다. 나뭇잎은 그가 녹색으로 가는 비밀번호를 알고 푸릇푸릇 어김없이 잘 풀리는 것 같다. 녹색으로 몸을 바꿀까 싶다. 말을 잘 들어주지 않던 현관문이 고분고분 열릴 것이다.

글을 하면서 글의 비밀번호를 생각한 적은 전혀 없다. 만약 비밀번호란 것을 달았더라면 모처럼 오던 이미지는 불만스런 표정을 지으며 되돌아갈 것이다.

－이 집은 까다롭군.

안개라는 수레를 타고 오는 글의 이미지는 정면으로만 오는 것은 아니다. 뒤통수로도 오고 왼쪽 오른쪽 등 사방팔방에서 비밀번호도 없이 나를 넘보고 있다가 아무 기척이 없으면 그냥 슬그머니 사라진다. 이런 때는 순간포착이라는 기민성을 보여야 한다.

동작이 어설픈 상태이지만 이때만은 잽싸게 서둘러야 산다. 모처럼 떠오른 이미지에 대한 예의다.

침

지금 침을 맞고 있다. 따끔거리는 침에 놀란 나쁜 혈액이 혈관 속에서 마구 달아나고 있을 것이란 생각을 한다. 느린 나를 닮아서 느릿느릿 흐르던 게으른 혈액 아니던가. 어떤 날은 통증치료주사를 맞느라고 엉덩이를 까고 엎드리곤 했다.

나이 들어 움직임이 둔한 것은 혈액의 흐름이 더딘 탓일 거라며 혈관 속을 타고 흐르는 혈액에 탓을 돌리기도 한다. 따지고 보면 모두 내 경거망동이 저지른 탓이다. 조심해야 할 길을 함부로 걸었다. 하지 말라는 주의사항을 듣지 않았다. 천천히 걸어도 될 길을 뭬 바쁘다고 설치듯 걸었다. 부주의와 경거망동으로 이런저런 몸을 다치는 사고는 부지기수다. 한 마디로 사고뭉치다.

의술이 몸에 쉽게 닿지 않는 것은 내 경거망동을 꾸짖느라 일부러 시일을 늦추고 있을 것이란 생각이 든다. 다채로운 병력처럼 침을 허리에 맞고 종아리에 맞고 팔뚝에도 맞는다. 어떤 사람은 병원치료를 권유한다. 허리뼈 4번과

5번 사이의 협착을 치료받느라 어느 신경외과에서 엉덩이 꼬리뼈 부근에 약물을 집어넣는 시술을 받은 적이 있다. 시술을 받은 날 저녁 갑자기 오른쪽 허벅지에 통증이 왔다.

침 치료를 받느라 누워 있는 동안은 무엇인지 알듯 모를 듯한 생각의 늪에 빠진다. 때로는 잠의 골방으로 들어선다. 어둠이란 것이 먼저 차지한 골방이다. 아무 생각도 없이 어둠을 껴안고 어둠이 된다. 손바닥에 몸에 스멀거리는 것이 엉켜드는 느낌에 찬다. 그것은 어둠으로 굳은 타르tar인 듯하다. 타르가 풀려 어둠이 되었다는 생각도 한다. 나는 그 속으로 점점 빠져든다.

잠에서 빠져나가야겠다. 숨이 답답하다. 잠의 골방이 아닌 캄캄한 공포 속으로 들어선 것 같다. 타르가 되어 채굴되는 나를 생각하는 건 아무래도 좀 소름끼치는 일이다. 잠을 턴다. 무슨 꿈인가 꾸고 있었던 것 같다. 그러나 그것은 꿈은 아니다.

내 옆자리에도 침을 몸에 꽂은 채 누워 있는 환자가 있다. 그의 이마에 머리에 기다란 침이 꽂혀 있다. 그것을 보는 것이 좀 두렵다. 아니 징그럽다. 화살을 온몸에 맞은 형상이다. 그런데 그 징그럽고 무서운 침이 내 몸에도 꽂혀 있다.

어느 날은 진료실 안으로 목을 빼고 있는 나무를 보았다. 나뭇잎에 마침 햇빛이 꽂히고 있다. 나뭇잎에 꽂힌 햇빛은 나뭇잎을 닮아서인지 푸른빛이다. 그런 빛이라고 여겼는데 은빛을 띠기도 한다. 가만히 보니 푸른빛도 은빛도 아닌 무슨 황홀한 빛이 나뭇잎에 앉아 있다. 푸른빛과 은빛의 종합세트라는 생각이 들곤 했다. 햇빛은 나뭇잎을 먹고 나뭇잎은 햇빛을 먹고 자란다는 생각이 들기도 했다. 침을 맞는 나 또한 침을 먹고 건강을 되찾을 수 있을 것이라는 생각을 일방적으로 했다.

오후 세 시 무렵이다. 나뭇잎은 바람을 흔들면서 등을 보여주기도 했다. 조금 전까지는 볼 수 없던 나뭇잎의 또 다른 빛의 놀이를 보는 느낌에 끌려 나는 침 치료를 받고 있다는 것을 깜박 잊을 뻔했다.

무엇에 몰입한다는 것은 나를 잊는 일이다. 무아지경無我之境이란 말을 새삼 들춘다. 나는 지금 침에 몰입하고 있다. 그런데 다시 잠이 올 듯도 하다. 잠을 쫓아야 한다. 왜 침을 맞아야하고 맞고 있는지 나를 돌아보아야겠다. 벽에 걸린 시계는 길고 짧은 바늘로 시간을 콕콕 찌르고 있다. 시계 또한 긴 침과 짧은 침으로 숫자 하나하나의 몸에 약발이 듣는 침을 맞지 않는가. 침을 맞는 순간만은 세상 모두가 침 맞는 형상으로 보인다. 이를 나는 침구효과鍼灸效果라고 누가 뭐라거나 멋대로 이름을 짓는다.

내 몸의 혈액이 고분고분해 진다는 느낌이 든다. 그렇게 생각해야만 따끔거리는 침의 불편에서 벗어나 편안할 수

84

있다. 그런 생각으로 어느 집 담장을 울긋불긋하게 치장한 장미넝쿨에 생각을 꽂고 있다. 장미는 제 몸의 가시로 눈부신 꽃을 피우지 않는가. 장미넝쿨을 보면서 우와!, 아름답다고 소리친 적이 있다. 그 소리를 받아 피던 장미꽃을 떠올리고 있다. 침에 적응하느라 몸 여기저기에 꽂힌 침을 장미가시로 여긴다. 장미넝쿨은 담장에 기다랗게 누워 있다. 나는 치료용 침대에 반듯하게 누워 있다.

환한 장미꽃 같은 향기와 건강이 내 몸에 피었으면, 엉뚱한 욕구에 찬다.

F

나무가 바람을 흔들고 있다. 가늘게 흔들다가 무슨 속셈인지 왈칵 떠밀기도 한다. 떠밀린 바람은 나무를 이기지 못하고 기우뚱거린다.

어, 다치겠다. 누가 곁에서 그렇게 말하는 것 같다. 나무에 등을 떠밀린 바람을 따라 나도 어디론가 뭉그적거릴 생각을 한다. 눈치도 없이 한 자리에 지나치게 오래 앉아 있었다.

달리 볼 것을 찾아 두리번거리는데 조금 전에 본 나무가 무슨 미련이 남았던지 다시 눈에 들어온다. 그것은 느티나무인지 팽나무인지 모르면서 팽나무라고 이름을 불러본다. 그랬더니 느티나무일 것이라며 생각의 한 구석에서 딴죽을 거는 소리가 들린다. 무엇을 보아도 꼼꼼하게 보는 버릇과는 거리가 먼 내 옆구리를 치는 손이 있다. 느티나무든 팽나무든 그걸 굳이 따질 생각은 없다. 그런데 사람이름일 경우는 크게 다르다. 이름을 잘못 짚어 낭패를 당한 적이 한두 번이 아니다. 그때마다 정신을 차려야겠다고 마음을 다지는데 돌아서면 또 본래의 무신경으로 기우는 어처구니없는 나는 느티나무를 생각하다가 팽나무를 생각한다. 그러다가 또 느티나무도 아니고 팽나무도 아니라는 생각을 한다.

출세하기는 아예 글러먹었다고 누가 나를 쿡 찔렀다. 출세하려면 사람의 이름을 잘 기억해야 한다. 출세하려면 줄을 잘 타야한다. 출세하려면 눈치가 9단이라야 한다. 출세하려면 출세하는 길을 알아야 한다. 그런데 나는 어느 하나에도 영락없는 F 학점이다. F!, fail, fucking.

날개도 없이 날고자 하는 나는 눈치라고는 전혀 없는 청맹과니나 다름없다. 눈치를 찾아 사방을 둘러보는데 아직도 느티나무인지 팽나무인지 알쏭달쏭한 나무 곁에 딱딱한 돌너덜이 으르렁거리듯 진을 치고 있다. 커다란 바위덩어리에서 돌조각 하나하나가 사방팔방으로 튀는 폭발음 같은 환청에 나는 마음으로 서글픈 귀를 닫는다.

무슨 트라우마에 걸린 것 같다. 나는 속으로 고개를 갸웃거린다. 폭발음이라도 들리는 느낌을 받는다. 나무 저쪽의 가파른 산이 아득하게 보인다. 가파른 쓸쓸함이라고 뜬금없는 말을 가파른 산에 건다.

나무는 어떤 쓸쓸함을 살짝 흔들고 있다. 나무가 보이는 자리에 서서 F 학점에 흔들리는 바람 맞은 나를 본다. 싱거운 쓸쓸함이 나를 본다. 나 밖에서 흔들리는 무엇이 있다. 바람을 탄 나무가 흔들리고 있다. 그것은 느티나무 같다. 아니 팽나무 같다.

흔들리고 있는 나는 바람을 흔들고 있다.

느티나무 아래

아파트 정원에 느티나무가 서 있다. 어디서 옮겨 심었는지 모른다. 나무 곁에 서 있는 안내판에 따르면 이백 년 쯤의 성상을 지닌 나무다. 어디서 이백 년이란 세월을 보내다가 이 아파트와 인연이 닿았다.

느티나무를 소재로 글을 써보리라고 마음먹은 적이 있다. 어느새 겨울을 세 번이나 보냈다. 여름내 푸른 잎을 자랑한 느티나무는 아파트 사람들의 사랑을 먹고 더 푸른 기상을 뽐내는 것 같다. 그래 맞다. 느티나무 같은 수필을 써보는 거다. 느티나무수필을 찾아 느티나무 주위를 빙빙 돈다. 몇 바퀴 돌고 보니 내가 느티나무 주위를 돌았는지 느티나무가 내 주위를 돌았는지 어리둥절하다. 그렇다고 나를 느티나무에 빗대는 것은 이백년이란 성상을 지녔다는 느티나무에게 결례되는 소리다. 그런데 또 미련이 간다. 느티나무를 소재로 수필을 쓰려면 이렇든 저렇든 느티나무 발치에나마 엎드려야겠다는 어렴풋한 생각에 끌린다. 대상을 깊이 본다는 것은 대상과 일체되어야 함을 뜻하지 않겠는가.

느티나무 속에는 느티나무가 자라던 지방의 바람소리 물소리가 지금도 흐르고 있을 것 같다. 느티나무를 아끼던 그곳 마을사람들의 이야기가 도란도란 들릴 것 같다. 나는 그것을 듣는 마음으로 다시 느티나무 가까이로 간다.

은행나무라는 말도 좋아하지만 느티나무라는 어감에도 나는 입맛을 다신다. 은행나무를 들추면 왠지 부ᇑ티가 난다는 생각에 젖는다. 터무니없는 요령이라곤 전혀 없는 생각이지만 그렇다. 그런데 느티나무는 '느티'라고 발음을 하면 왠지 현대감각이 도는 듯한 느낌을 받는다. 더구나 느티떡이라는 생각 속에는 느티나무가 먹을거리를 내려주는 듯한 입맛을 다시게도 된다. 아파트 정원에 우뚝 솟은 느티나무는 아파트의 상징이기도 할 것이다.

느티나무에 어울리지도 않을 것 같은 생각을 끼적거리는 동안에도 시간은 간다. 누구는 시간이 온다고 한다. 가든 오든 그 시간이 그 시간이다. 느티나무가 서 있는 장소는 느티나무의 시간이다. 느티나무의 공간이다. 무슨 자리를 차지한다는 것 또한 그 공간을 차지하는 일이다. 지금 쓰고 있는 이 문장은 컴퓨터 모니터 화면을 차지한다. 그다지 할 일이 없는 나는 희미하게 떠오르는 생각이나 화면에 찍는다. 더 많이 더 확실하게 더 진솔하게 꼬드기자고 마음속으로 생각의 기를 모은다.

살아오면서 무엇을 차지하고 그 공간에서 놀았던가를 돌이켜보면 헤아릴만한 것이 그다지 없다. 이런 때는 나를 응원하는 무슨 힘이라도 있어야겠다는 생각에 끌린다. 내 안에도 크든 작든 느티나무가 자라고 있다고 은근히 말한다. 당돌한 생각이지만 느티나무를 말하는 것은 나를 말하는 일이라며 무던하지 못한 나를 변명한다.

수령 오백년 쯤 되면 느티나무 주변이 어떻게 바뀔지 알 수 없다. 역사의 변화는 지형의 변화를 가져오면서 삼백년 전에 여기 무슨 아파트가 있었다고 누군가는 말할 것이다. 덧없는 이야기 같지만 나는 향후 3백년의 세월을 생각하기도 한다. 보다 더 정정한 느티나무는 삼백년 이전의 세월을 돌이켜 보고 있을 것만 같다.

느티나무를 생각하는 것은 느티나무가 되지 못한 나를 생각하는 일인지도 모른다. 그런 요량으로 느티나무 수필이나 써야겠다고 느티나무 주위를 서성거린다.

또 걷는다

살고 있는 아파트 입구에서 지하철 증산역까지 걷는다. 부산에 볼 일이 있어서 걷는다. 내 걸음속도로는 약 20분 거리에 역이 있다. 젊은 사람의 걸음으로는 10분이면 거뜬히 닿을 수 있는 눈앞의 거리다.

걸음이 느리면 그만치 멀고 빠르면 그만치 가깝다. 젊은이의 거리와 내 거리를 시간으로 따지면 10분쯤의 차이다. 수필 두어 편 읽고 감상하고 이러니저러니 따지고 자문자답할 수 있는 시간이다. 걸어가면서 할 수 있는 일은 주변을 보면서 이런저런 생각을 마음의 주머니에 담고 풀어놓는 일이다.

여행에서 돌아온 사람은 이런저런 여행담을 문장으로 풀어놓는다. 여행하지 못한 사람들에게 간접적으로나마 여행지의 풍물을 알려주니 고마운 일이다. 나 또한 아파트에서 양산 증산역까지를 나름 여행이라고 생각한다. 그렇게 생각하는 것이 어쩐지 마음 느긋하다. 이 또한 일종의 자위겠지만 나름 괜찮은 시간이라며 걷는 걸음을 즐긴다. 여행담이며 기행문이 어디 따로 있겠는가. 구차스럽지만 집에서 밖으로 나가는 순간부터 여행이란 이름이 따라붙는다고 나는 생각한다.

증산역 인근의 상가지역에서 이따금 햄버거를 산다. 전자상가를 돌아오면서 휴대폰을 바꾸나 어쩌나 괜한 생각도 한다. 에스케이SK며 엘지LG 그리고 삼성 등의 점포 앞을 지날 때마다 화려하게 진열된 스마트폰smart phone들이 폴더 전화기는 버리고 산뜻한 스마트폰으로 바꾸라고 등을 떠미는 듯하다. 폴더전화기를 갖고 있을 경우 허리도 전화기를 닮아 접히는 것일까. 상점 안의 점원들이 그런 염려로 창밖을 지나가는 나를 보는 느낌을 괜히 받는다.

이따금 울리는 휴대폰을 받으니 전화기를 바꾸라는 안내가 부지런하다. 거기 또 마음이 흔들려 바꿀까 말까 잠시나마 갈등을 한다. 디지털시대는 나날이 쏟아지는 신품종만이 어깨를 펼 수 있는 형편인 것 같다. 어제 쓰던 멀쩡한 물건도 오늘은 쓰레기나 다름없는 물건이 된다. 어제 스마트폰으로는 볼 수 없는 새로운 세상이 오늘 스마트폰에 화려한 사진으로 최신정보를 넉넉하게 알려준다. 변화를 앞서가려면 앞선 정보를 알아야 한다. 그런데 폴더전화기에 뜨는 세상은 구부정한 허리로 보는 흐린 시야처럼 세상이 애매모호하다. 애매한 것에서 분명한 것을 볼 수 있을 것이라며 어떻게든 마음 편한 간맞추기 궁리를 한다.

구차스럽지만 아쉬운 변명은 더러 있다. 허리가 굽을수록 소박하게 깨끗하게 단순하게 살아야한다는 것이 그것이다. 호기를 부리면 그만치 젊은 세대가 힘들 것이라는 도덕주의자 같은 일방적인 생각을 한다. 젊은 세대가 빨리 걸으면 그 길을 비켜주어야 한다. 될성부르게 살아왔다고 전혀 말할 수 없는 처지에 이건 아무래도 말치레 같다. 하지만 지금부터라도 뉘우칠 것은 뉘우쳐야 하지 않겠나. 청승 떨지 말아야겠다. 구질구질하지 말고 떳떳하게 움직이고 생각하자. 이런 주문들이 내 마음 속에서 끓는다. 어깨를 쭉 펴고 걸으라는 주문은 아침마다 귀에 못이 박히도록 듣는다. 구부정하게 걸어가는 내 모습은 내가 보아도 싫은데 아내는 오죽하겠는가.

어느 빌딩 앞을 지나다가 입구 유리문에 붙은 안내문을 한참 읽었다. 동물병원 안내문이다. 무슨 동물메디칼센터라고, 그럴 듯하다. 안내문에 곁들인 작은 활자가 다시 눈길을 끈다. 오전진료 오후진료 야간진료 심야진료 점심시간 및 라운딩 면회 등 시간표가 자상하고 다양하다. 이 동물메디칼센터에서는 모든 동물이 시간표를 따라 눈알이 초롱초롱해질 것 같다. 살레살레 꼬리를 흔들고 있을 강아지가 문득 눈에 떠오른다. 그런데 라운딩의 정확한 의미는 아무래도 짐작으로 푸는 것이 좋을 듯하다. 강아지 한 마리도 없는 처지에 뭘 시시콜콜하게 의미를 따질 일은 아니다.

계획성도 없이 살아가는 내 생활을 돌아보라고 말하는 시간표 같다. 그 시간표 앞을 날마다 지나다닌다. 시간표도 없이 날마다 지나다닌다. 어쩌다 마음으로 시간표를 짜는데 그 시간에 짜넣을 것이 없다.

없는 처지이지만 있는 척 또 시간표 앞길을 걷는다.

나리나리 개나리

　창문을 열어놓으니 바깥풍경이 눈에 더 가까이 다가온다. 그걸 모르고 꽉 처닫고 꾸물대는 처지는 아무리 좋게 보아도 답답한 어처구니다. 창문 하나에서 얻을 수 있는 원근법을 모르고 사는 처지는 따분하다.

　건너편 아파트단지는 산기슭을 등지고 이쪽을 굽어보는 듯 당당하다. 이쪽은 단독주택 지역이다. 아파트단지는 단합심이 강해 보인다. 누가 뭐라고 징징거리면 금방 튀어나와 팔을 걷어붙일 것 같은 가당찮은 기상도 있어 보인다. 그 반면 단독주택 지역에 눈을 대고 있으니 고분고분한 순종파를 연상케 한다. 아파트단지를 볼 때와는 전혀 다른 느낌이 드는 것은 건물이 높고 낮고 그 덩치가 크다는 어떤 위압감 같은 것에도 있는 것 같다. 높은 건물은 그 위세로 낮은 건물을 왕창 내리찍을 것처럼 보인다. 꼬불꼬불한 창자를 닮아 무엇을 보아도 꼬불꼬불 새기려는 심사가 수시로 불편한 문제이긴 하지만.

　방바닥에는 읽다가 접어 둔 책들이 질서를 무시한 채 너

부러져 있다. 도대체 질서며 정리정돈이라는 것을 모르고 사는 처지는 스스로 생각해도 2프로쯤 꼭지가 덜 떨어진 푼수다. 아내가 입이 아프게 나무라지만 고칠 생각을 좀체 하지 못한다. 질서가 있어 보이는 바깥풍경과 무질서한 방 안 사이를 즐기면서 사는 셈이라고 되지도 않는 말놀이를 한다.

자아성찰, 자아관리에는 전혀 손을 쓰지 않으면서 무슨 이득이 있어 보이는 것에는 약삭빠르게 끼어드는 기회주위자는 아무리 좋게 해석해도 밉상거리다. 남 보기 더욱 민망한 노릇은 이쪽이 유리하다는 판단이 서면 이쪽에 찰거머리처럼 달라붙는다. 저쪽으로 붙으면 어떤 이득이 생길까하고 주판을 굴리는 꼼수는 아무리 좋게 보아도 부끄러운 푼수다. 어느 쪽 세력이 더 강하느냐에 따라 사람들은 물살처럼 몰려들고 빠져나간다. 그 세력이 넉살 좋은 홍수를 닮는다. 그러면서 그 강한 세력을 열렬히 지지하는 강경파처럼 서슴없이 행동한다. 줏대머리라고는 없는 쓸개 빠진 군상들이지만 세력을 몰아가는 쪽에서 보면 후사야 어떻든 신나는 일이다.

세상을 어떻게 살아야한다는 것쯤은 수없이 많이 듣고 배웠다. 그런데 남의 눈에 거슬리는 행동거지를 한 적이 한 두 번도 아닌 것 같은데 능청스럽게 뚝 시침을 떼지 않았나. 그럴수록 목소리는 더 커지고 헛기침으로 얼버무린 적이 있지 않았나 하는 반성을 하게 된다.

　나는 어떤 존재인가. 남을 말하기 이전에 나를 먼저 알아야했다. 내 안에 무엇이 있는지 뻔히 알고도 모르는 나는 터무니없는 기회주의자 아닌가. 그릇된 생각의 덫에서 벗어나야겠다. 창밖으로 눈을 돌리는데 우중충하던 하늘이 어느새 환하다. 환한 하늘을 닮으라고 꾸중하는 것 같은 느낌을 받는다. 그런데 감히 하늘을 닮다니! 한 자 꾸밈도 없이 나는 쪽빛하늘을 말하는데 듣는 쪽에서는 그렇지 않는 것 같은 느낌이 든다. 나는 '아'라고 하는데 상대는 '어'로 받아들이는 경우겠다. 내 발음이 '어'에 가까웠을 것이라고 나를 나무라야 속이 편하다.

　아침에 피던 꽃이 저녁에도 피어 있다. "나리나리 개나리 입에 따다 물고" 피어 있다.

제3부

관음觀音의 길에서

  자유자재한 글이 수필이라고 한다. 수필만의 문제는 아니다. 모든 예술은 자유자재한 상상력 가운데 꽃 핀다. 상상력이 억압당할 때 예술의 진가는 상처를 입고 쓰러진다.

  수필은 우선 읽혀야 하고 재미있어야 한다는 말을 자주 듣는다. 까다롭지 아니하고 뜻이 금방 통하고 감동 받을 수 있으면 더욱 알맞은 맛이겠다. 그런데 내 처지는 그런 맛과는 거리가 먼 느낌이 들어 마음에 걸린다. 그래 한다는 변명이 달콤한 사탕은 입안에서 녹아 금방 목안으로 사라지는 아쉬움이 있다는 말을 한다. 그 반면 오징어는 오래도록 입안에 넣고 우물거린다. 오징어는 오래 씹을수록 맛이 우러난다는 일방적인 식감을 떠벌린다. 그런데 내 오징어는 한물 간 맛 아닌가 하고 때로는 킁킁 코를 훌쩍거린다.

  겸손을 갖춘 지성인의 문학이라고 수필은 입을 모은다. 말썽은 부리지 않아야겠다. 그런 다짐을 틈틈이 한다. 쉽게 눈에 들어오지 아니하고 앞뒤도 없이 괜히 까다롭다는 손가락질은 따갑다. 멋대가리도 없는 말라빠진 오징어라는 지적을 받을 것은 어쩌면 뻔하다. 그런 충고가 귀에 걸리는 것 같다. 바싹 거덜이 난 우물바닥 같은 글에 눈을 판다.

수필은 그가 갖는 이러저러한 정신의 틈새에서 태어나는 문학으로 알고 있다. 그런데 내 경우 남의 입맛을 괴롭히려는 성질머리에서 쉽게 벗어나지 못하는 고집불이가 되어 민망하다. 쉽고 재미있으면 좋겠는데 그 생각을 마다하는 생각 속의 생각이 은밀한 눈짓으로 야구경기에서의 배터리처럼 OX 싸인을 서로 주고받는다. 수필 마당이 어디 야구장이던가. 어쨌거나 나는 직구가 아닌 커브형 스트라이크로 언어의 공을 던지고자 장갑 속의 문장을 슬그머니 어루만진다.

말할 나위도 없이 수필 또한 대상을 표절하는 창작문학이다. 대상을 생긴 그대로 드러내는 표절은 복사/복제이지 창작은 아니다. 대상이 갖는 내면을 새롭게 드러내는 것이 참다운 의미로서의 표절이다. 그런데 진솔이라는 말에 걸려 대상을 겉보기인 그대로 복제하는 놀이로 수필쓰기의 본을 삼으려 한다면 수필문학으로서의 작업은 아니다. 그래 한다는 노릇이 심층적이니 내면천착이니 하는 말을 순서도 없이 입에 담는다. 길가에 서 있는 바위며 나무를 사람이나 짐승으로 착각하는 경우가 더러 있다. 그건 환각현상 같은 착각인데 나는 그 오리무중을 수정할 생각도 없이 훔쳐 내 것으로 삼고자 서둘러 쪽지에 볼펜을 댄다. 그건 당연히 본대로 느낀대로 아닌가 하고. 하지만 건강한 상식으로 따진다면 내가 갖는 착각이며 오리무중은 당연히 병적인 모순이다. 하지만 모순어법도 어쩌다 수필의 길이 될 것 같다. 쉽게 눈에 띄지 않는 내면세계, 쉽게 눈에 들어오지 않는 언어를 찾아 쓰는 탐구정신이 수필을 위한 본대로 느낀대로의 길이라며 말라빠진 오징어 다리나 진배없는 문장을 입안에 질겅거린다.

추상미술이란 것도 착각과 환시현상에서 비롯한 시각이 미술의 한 가닥이 되지 않을까. 대상이 갖는 겉보기의 모습을 살피는 것만이 능사는 아니다. 그 대상이 품고 있는 속의 진실과 사정을 나름대로 훔치는 것이 모든 예술정신이 갖는 본대로 느낀대로의 길이다.

누구나 하는 소리지만 수필 또한 생각하는 문학이라는 말을 덩달아 떠벌리고 싶다. 대상이 갖는 내면의 소리를 듣고 이를 새롭게 표절/인식하는 것이 수필쓰기의 한 몫이라는 짐작에 끌리는 것을 저버릴 수 없다. 어제 본 꽃의 의미는 오늘 또 다른 의미를 갖는다. 어제 본 바다는 오늘 보는 바다 아니다. 그렇다. 세상은 어쩌면 이 사정 저 사정으로 출렁이는 바다 아닌가.

누가 보아주건 말건 나는 내 수필의 길에서 외통수를 둘수밖에 없다고 먹히지도 않는 싱거운 소리를 또 한다. 한 마디로 요령부득이다. 아니 구제불능이다. 이 길에서 설사 패착이 되어 망가지더라도 전혀 후회하지 않을 것이다. 궤도수정은 불가능이다. 되돌아갈 수 없는 길이 차라리 내 길이다. 실속머리라고는 한 푼도 없는 처지를 두고도 거기 자위한다.

허공으로 쏘아올린 불꽃은 진작 허공에 떠 있다. 나는 그 허공을 본다. 수필은 허공을 차지한 길고 짧은 불꽃과 같은 것이라며 감감한 허공에 눈을 판다. 허공은 모성이다. 수백 수천 마리의 새를 키운다. 바람을 구름을 키운다. 허공 속에 또 다른 허공이 된 허공을 키운다. 날아간 풍선은 허공의 품에서 허공과 함께 한다. 날아가는 수백 수천 장의 하얀 종이는 하얀 새가 되어 날아간다. 종이에 새긴 내 생각의 부스러기, 종이에 새긴 산과 바다, 종이에 새긴 나무와 돌 또한 허공의 품속에서 허공의 무엇이 되고자 한다. 무슨 환상곡이 덩달아 터지는 느낌을 순간 받는다. 환상곡은 날아가는 구름의 어깨를 들썩이게 한다. 어느새 나는 없고 환상곡만 남아서 허공 속 더 깊은 허공을 울린다.

내 안에서 둥둥 북소리를 듣는다. 허공 깊이 산과 바다, 구름이 가고 있다.

부산미술관에서 이우환 화백의 돌을 소재로 한 전시품을 본다. 테이블을 가운데 두고 네 개의 돌이 테이블 둘레를 둘러싼 자세로 앉아 있다. 어떤 수필가는 고스톱놀이를 하는 엄마가 보인다고 했다. 나는 속으로 박수를 쳤다.

가을 햇살이 좋은 날, 그녀의 어머니는 친구들을 불러 거실에서 고스톰놀이로 하루를 즐기고 있었을 것이다. 그 주변의 공기가 맑고 포근하게 느껴지는 것은 퍽 자연스런 일이다.

네 사람이 둘러앉아 차를 마시며 한담을 하는 장면이 떠오른다. 화백의 의도와는 관계없이 이런저런 장면을 생각하는 재미가 돌 설치미술을 보는 눈이겠다. 마음대로 보고 어떻게 생각하든 알아서 하라고 화가는 주사위를 던지듯 돌을 배치했을 것이다. 이미 손에서 떠난 돌 아닌가. 시장에서 파는 물건이란 것도 장사꾼의 손에서 떠나면 장사꾼의 물건 아니다.

뜻밖에 나는 포츠담 선언을 하는 장면을 연상하곤 했다. 돌 전시품을 보는 눈은 1945년 7월로 돌아간다. 독일 베를린 교외에 있는 포츠담Potsdam에서 미국의 트루먼 대통령, 영국의 처칠 수상, 중국의 장개석 총통 그리고 소련의 스탈린 수상이 테이블을 둘러싸고 앉은 장면이다. 정치에 무슨 관심이 많다고 그런 환상에 잠겼는지 모른다.

돌 전시품이 이런저런 세상사는 모습을 떠올리게 하다니 돌은 상상력의 뿌리다. 돌은 무궁화 꽃이다. 나는 돌 뒤에 숨어서 술래놀이를 한다. 돌은 전설의 고향이다. 돌 속에서 하얀 옷을 걸친 마녀가 보인다. 풀어헤친 머리카락이 돌을 감싼다. 허연 이빨이 돌을 칵 물고 저만치 옮겨놓는다. 돌에 기대어 먼 세상을 응시하며 뭔가를 깊이 생각하는 눈빛도 있다.

돌을 이렇게만 보고 있을 일은 아니다. 돌은 지금 아프다. 세상이 어지러워 아프고 이웃이 살기 고단하여 아프다. 그걸 아는 돌이다. 어느 날 돌은 혁명 같은 거대한 힘을 드러낼 것만 같다. 세계를 개혁하려는 어떤 마그마가 부글부글 끓어오르고 있을 돌은 돌만이 아니다. 어떤 혁신/창조를 기획하느라 숨죽인 은밀한 구호인지도 모른다. 나는 그 아우성 같은 구호를 듣는다. 돌 속으로 더 가까이 눈과 귀를 기울여 소리를 듣고 본다.

조금 딴전을 부려보자고 작은 돌덩이 몇 개씩을 큰 돌 주변에 생각만으로 풀어놓는다. 똘마니 같은 돌이 커다란 돌 주변에서 요리조리 뛰어다니면서 저들끼리 신난 놀이를 할 것이다. 무엇을 논하다말고 커다란 돌은 작은 돌들을 귀여운 듯 굽어볼 것이다. 작은 돌들의 머리를 쓰다듬기도 할 것이다. 작은 돌에게는 작은 돌의 세계가 있다고 큰 돌이 말하고 있을 지도 모른다.

이런 광경을 나는 수필에 끼워본다. 그러면 갑자기 수필 속에 돌이 있고 돌 속에 수필이 잠겨 든다는 어렴풋한 느낌에 끌린다. 그렇게 보면 수필은 영락없는 돌이다. 아니 돌 속에 수필이 비밀의 궁전처럼 차곡차곡 쟁여 있다.

돌을 알자. 돌과 함께 돌이 되어 때로는 폭발하는 트라우마를 생각해보자고 나는 은근히 다짐을 한다. 성급하게는 말자. 완급緩急이라는 말이 어떤 점 길이 될 듯도 하다. 이런저런 길을 생각하다가 슬그머니 물러선다. 그때 내 안에서 뜻밖에 뭔가 크게 무너지는 소리가 들린 것 같다. 무너져야만 일어설 자리가 마련된다고 어쩌다 무너짐에 대하여 대뜸 몰두한다.

비로소 어떤 방향이 줄을 서는 느낌에 찬다. 지금까지의 길을 버리고 참신한 새 방향을 모색하라고 무너지는 소리가 내 속을 쿡쿡 찌른 것 같다. 찾아야만 길이 보인다고 하는 소리가 거듭 귀에 맴돈다. 그 길을 듣고자 다시 돌 전시품에 눈을 판다. 돌은 길이다.

먼 우레소리 같은 것이 순간 나를 때리고 간다. 잠시 어리둥절하다. 그 어리둥절함을 수필의 몫으로 새겨 챙기고자 돌 전시품을 마음으로 찬찬히 쓰다듬는다.

수필에도 장사하는 요령 같은 지혜가 있다면 어떨까. 대박을 치거나 쪽박을 차기도 할 것이다. 독자의 구미에 맞는 수필로 이른바 베스트셀러라는 깃발을 나부낄 것이다. 해볼 만한 장사다. 그런데 수필을 수지타산의 계산법으로만 볼 수 없으니 딱한 일이다.

수필은 문예미학이라는 고리에 코가 꿰인다. 문학예술로서의 미학이 수필의 참다운 몫이라는 사슬을 질겅질겅 몸에 찬다. 구미에 달달한 수필로 독자의 입맛을 노리는 수필은 이 사슬과는 거리가 멀다. 다소 비통한 듯한 엄살로 독자의 귀에 걸리고자 잔꾀를 부린다면 이 또한 수필의 참다운 몫은 아니다. 수필가는 인기를 노리거나 대중 앞에 나서려 하지 않는다. 수필가는 세상을 꿰뚫어보고 듣는 이목을 갖는다. 수필가는 언어를 갈고 닦아 새롭게 세계를 열고자 언어의 밑바닥에서 온갖 궂은일을 마다하지 않는다.

태생적인 고독과 함께 하는 예지가 수필가의 몫이다. 고독은 수필 속에 들앉아 수필을 낳는 자궁이다. 함으로 산통이나 다름없는 진통이 따른다. 그러고 보면 수필은 갓 쓰고 부채나 할랑거리는 얄팍한 정신과는 궤를 달리하는 치열한 문학임은 불문가지다. 그 의미를 음미하고 고독을 깊이 음미하는 자가 참다운 선비이며 수필가이다. 김병규의 고독은 『목탄으로 그린 인생론』을 낳는다. 김소운의 고독은 『목근통신木槿通信』을 낳는다.

옆자리에 앉아 있던 중년부인 둘이 주거니 받거나 입을 나불거린다. 가만 앉아 있기가 심심한 것 같다. 그들 나름의 고독이 쌓여 있었을 것 같다. 시어머니 이야기부터 시작하여 며느리 손자 강아지 이야기로 화제는 무궁무진 풀고 풀어도 끝이 보이지 않는 실꾸리다. 가슴에 가만 가두어 있기에는 입안이 간지러워 견딜 수 없다는 투다. 숨이 가쁠 것 같다. 가슴에 있던 말을 한꺼번에 다 쏟아버릴 기세다. 말을 많이 하여 숨이 끊어졌다는 소식은 아직 들어본 적이 없으니 다행이다. 옆자리의 나는 뜻밖에 비겁한 도청盜聽꾼이다.

수필을 쓴답시고 얼마나 많은 문장을 함부로 쏟아내었는가. 그 문장 속에 혹 누굴 이렇다 저렇다 하고 빈정거린 구절은 없는가. 내가 바로 옆자리의 중년부인 꼴이다. 남의 말을 하기에 앞서 나를 돌아보기로 한다. 이런저런 문장의 돌개바람에 휩쓸린 나는 한물간 문장을 치켜들고 고개를 빳빳하게 쳐들지 않는가. 고독을 모르는 무뢰한은 아무 소용에도 닿지 않는 문장의 울을 치고 천방지축 놀아난다. 분별력이라고는 그다지 없이 마구 쏟아낸 문장은 스스로가 둘러친 질긴 위리안치다. 이런 답답함이라니, 낯 뜨겁다.

알다가도 모르는 것이 수필이라고 나는 뉘우치듯 말한다. 요리조리 생긴 것이 수필 아니겠느냐고 야바위처럼 점을 찍는데 어, 수필은 어느새 얼굴을 싹 바꾼다. 그래 맞다. 수필은 천변만화하는 얼굴이다. 나는 그 얼굴의 한 부분이나마 잡고 늘어질 궁리를 한다. 수필의 몸 전체를 알고자 하기보다는 어느 한 부위를 뚝 떼어 그걸 수필문학이라고 생각하기로 한다. 전체보다는 부분이다. 코끼리를 더듬는 장님처럼 코면 코, 다리면 다리를 쓰다듬기로 한다.

그러면 코가 기다란 것이 수필이다. 아니 객사기둥처럼 두루뭉술하고 투박한 것이 수필이다. 이렇게 보아나가면 수필의 어느 한 부분이나마 어렴풋이 떠오르는 느낌을 받는다.

순천만의 갈대밭에서였다. 일망무제나 다름없는 갈대밭을 거닐면서 갈대를 다 볼 수는 없었다. 길가에 선 갈대 몇 포기를 손으로 쓰다듬었다. 마침 바림이 일었다. 갈대는 긴 머릿결을 흔들며 살랑거리는 몸짓으로 애인처럼 다가왔다.

그렇다. 수필은 애인이다. 나는 내 애인의 여린 등을 쓰다듬는 심정으로 이 글을 쓴다.

하나에 하나를 더하면 둘이다. 어김없는 계산이다. 그런데 나는 하나의 몸에서 또 다른 하나가 분리되고 분리된 하나는 또 다른 하나라는 가지를 친다는 뜬금없는 생각을 한다.

수필은 기존질서에 말썽거리인가. 자연과학사회가 아닌 수필에 무슨 공식을 세우겠다면 따분한 일이다. 그런 점 수필을 하는 나는 기존질서를 따돌리고 뛰어넘고 싶다. 과학적 진실이 아닌 시적진실 속에서 뭘 생각하고 정리정돈하고 싶다. 그랬더니 하나 더하기 하나는 둘만이 아닌 셋 넷 다섯이라는 답이 줄을 선다.

그런데 사회생활규약은 이런 내 뒤통수를 탁 친다. 나를 꽁꽁 묶는다. 아무리 발버둥을 쳐야 사회생활이라는 규약을 벗어날 재간이 없다. 오늘은 무슨 요일, 몇 월 며칠이라는 등 사회가 규정한 약속에 딱 걸린다. 하기야 이런 규약이라는 것이 없다면 사회는 지리멸렬하게 헷갈릴 것은 당연하다. 해가 뜨는 시기를 아침이라고 한다. 해가 지는 시기를 저녁이라고 한다. 해가 뜰 무렵에 밥을 먹고 아침을 먹었다고 한다. 해가 질 무렵에 밥을 먹고 저녁을 먹었다고 한다. 당연한 말인데 이 또한 사람과 사람 사이에 통하는 언어약속이다. 하기에 사회생활의 범주에서 벗어날 경우 나는 영락없이 미아가 될 것은 뻔하다.

생활인을 묶는 규약은 이런 것 말고도 천 가지 만 가지 부지기수다. 그런데 그 규약의 세계 속에서 나만이 찾아갈 수 있는 세계가 있다는 것은 천만다행이다. 수필을 하면서 그 세계가 어떤 것인지 찾아내고자 나는 눈을 뜬다. 이를테면 '각자방향 앞으로 갓!' 하는 구령소리 같은 것에 귀를 기울인다. 이 구령을 듣지 못하고 떼를 지어 한 방향으로만 갈 때 그게 그것인 두루뭉술한 수필이 된다. 수필은 그러니까 철저한 개인주의의 고독한 산물이다. 그런 점 독보적인 개성으로 수필문학을 높이 세운 피천득은 피천득, 윤오영은 윤오영이다.

한 해를 열 두 달로 묶은 달력을 들고 걸만한 벽면을 찾아 두리번거린 적이 있다. 뿐만 아니다. 지나가는 세월이 혹 흐트러질까봐 십년 단위로 꽁꽁 묶어 강산이 한 번 지나가고 두 번 지나간다고 지나가는 세월에 의미를 두는 세상이다. 한 세기는 또 어떤가. 백년 단위로 차곡차곡 묶어 한 세기가 지나갔느니 또 한 세기는 어떠니 하고 역사를 말한다. 지나가는 세월 속에 수필이 있고 다가오는 세월에 또 수필이라는 장르가 있다. 그 장르의 얼굴에 새로운 개념, 새로운 언어를 처바르고자 수필가는 수필의 길에 선다. 세월과 함께 하는 수필은 인간정신의 바탕인 눈부신 놀빛을 세상에 새긴다.

놀빛 속으로 하얀 구름이 지나가는 것 같다. 검은 구름 잿빛구름이 지나가는 것 같다. 그것도 아닌 파란 구름 가지색구름이 지나가는 것 같다. 진홍으로 타는 하늘이 금방 식어버리고 또 다른 잔홍이 수필의 하늘에 들어찬다.

저 시뻘건 구름의 소용돌이는 에드바르드 뭉크다. 바람에 파란 물감을 짓이기며 회오리처럼 지나가는 발걸음이 빠르다. 나는 그것을 빈센트 반 고흐에 빗댄다. 구름 덩어리 같고 파란 바람덩어리 같은 것이 파도처럼 휙휙 소리를 친다. 동에서 서로, 남에서 북으로 휘몰아친다. 숲은 숲이 아닌 바람을 먹은 미증유의 용틀임 같은 뜨거운 몸살이다. 숲은 바다가 되고 바다는 숲이 된다. 나는 다시 어림짐작으로 깨닫는다. 하나 더하기 하나는 둘만이 아니다. 셋 넷 다섯이다. 숫자는 숫자끼리 궁합이 척척 맞아떨어져 귀여운 새끼를 친다.

　지금 나는 산수傘壽하늘에 뜬 놀빛에 눈을 대고 있다. 영원의 소리가 들리는 짐작에 찬다. 그것은 미처 모르는 소리다. 모르는 소리가 들리는 것 같다고 나는 다시 말한다.

　어디선가 길이 열리는 멀고 가까운 소리가 보인다.

수필을 경작하며

  수필에 고민하지 않은 적은 없다. 작품 하나를 쓰고자 고민하고 그 작품이 수필문학의 몫에 무엇이 되는가 고민한다. 고민이란 깊이 생각한다는 말과 그다지 거리가 멀지 않다.

  수필을 하면서 가장 고민이 많았던 때를 들어보라면 무엇이라고 할까. 가령 그런 문제제기를 받는다면 이런 고민이라고 딱 꼬집어 응답하기는 어려울 것 같다. 수필을 하는 내내 고민이라는 것이 말동무나 그림자처럼 바짝 따라다니기 때문이다. 수필을 하는 그 자체가 고민의 연속이라고 말하는 것이 좋을 것 같다. 수필은 물론 편하게 쓰는 글이라고 하는데 고민이라면 얼른 수긍되지 않는 반응이겠다. 그런 점 고민은 보다 수필다운 글을 하자는데 그 의미를 두고 싶다. 한 편의 작품은 그 작품을 위한 이런저런 고민의 결과물이라고 말하는 것이 어쩌면 타당한 일이겠다.

  조금 더 구체적으로 수필의 바탕이 되는 소양은 어느 정도 깔려 있느냐에 고민하지 않을 수 없다. 많은 독서와 견문은 이른바 교양으로서의 좋은 덕목이기도 하다. 직접경험이든 간접경험이든 경험은 수필을 하는 길에 이런저런 자양분이 된다. 세상을 보고 듣는 이목을 풍부하게 하는 경험은 수필의 골격을 보다 깊고 튼실하게 하는 영양소 역할을 한다.

어쩌다 시를 하고 수필을 하는 등 두 장르를 탐내고 있다. 시를 쓰다가 수필을 넘보는 경우, 수필을 쓴 다음 시로 성전환과 같은 기법을 부리는 약은 잔꾀로 두 장르의 징검다리를 건너다닌다. 이런 점 편리하다면 편리하다. 하지만 자칫 시 같은 수필, 수필 같은 시라는 말을 들을 때는 시도 수필도 아니라는 핀잔에 휩싸이게 된다. 이 또한 고민이다.

시든 수필이든 그것이 문학이라는 자리매김에 들 수 있느냐에 문제는 더욱 심각하게 닿는다. 어설픈 성전환과 같은 티는 내지 않아야 한다. 시면 시, 수필이면 수필이어야 한다. 이런 다짐으로 안두에 앉는다. 시는 역사이전과 이후의 언어임에 비추어 수필은 역사 이후의 언어라는 데서 시와 수필의 경계를 말할 수 있을 것 같다. 역사이전의 언어는 허구, 역사 이후의 언어는 진실/진솔이라는 점에서 시와 수필의 다름을 거칠게나마 말할 수 있을 것 같다. 수필에 허구라는 장치가 끼어들 수 없음을 역사 이전과 이후로 말할 수 있다. 역사란 대상/사건의 유무를 말한다.

역사 이후란 다시 말하면 대상의 있음을 전제로 하기 때문이다. 그러나 시는 대상의 있고 없음과 연관을 두지 않는다. 수필은 대상이 없는 데서 나오지 않는다. 이런 점 수필은 진솔/진실의 문학임을 깨닫게 된다. 흔히 환상적이며 상상적인 면을 두고 수필에서의 허구로 간주하려는 측면도 있는 것 같다. 그러나 그것은 표현을 위한 정적情的묘사에 지나지 않는 수법임을 알아야겠다.

시는 현실을 초월하여 역사 이전과 이후를 넘나들 수 있다. 그러나 수필은 아쉽게도 현실초월이 허용되지 않으며 할 수도 없다. 동양사람이 머리를 노랗게 물들인다고 서양사람이 될 수는 없다. 수필이라는 문학의 한계점이며 수필이라는 이름의 어쩔 수 없는 디엔에이DNA이다. 그렇다고 수필이 웅크러들 까닭은 없다. 꽃을 보면서 꽃과 연상되는 이런 저런 나름대로의 꽃을 생각할 수 있다. 그렇게 생각할 수 있는 배경에는 이미 꽃이라는 역사가 있기 때문이다. 그걸 바탕으로 삼은 수필적상상력은 수필의 세계를 보다 차원 높고 풍부하게 하는 길에 충분하고 유익한 동력이 된다. 가령 달이라는 소재에서 무한한 세계로 뻗어나가는 달, 이런저런 나름대로의 달을 염두에 둔다. 달은 천체적으로 보아 하나이다. 그러나 달을 보는 지상의 사람은 각자가 나름대로의 달을 보고 생각한다. 그런즉 하늘에 뜬 달은 하나이되 달을 보는 마음에는 수십 수백 아니 인구수만큼이나 많은 달이 하늘에 뜨고 마음에도 뜬다. 멀리 있는 것은 가까이에 있다. 하나인 것은 하나만이 아니다. 먼 것은 항상 멀리에만 있는 것은 아니지 않는가.

시는 무에서 유를 만들 수 있다. 그 반면 수필은 유에서 또 다른 유를 만드는 인문학적 상상력이 요구된다. 흔한 말로 수필은 자조自照의 문학이라든가 자성自省의 문학이라는 말이 널리 통용된다. 자조 자성은 내가 존재함으로써 비로소 가능한 것이다. 역사이후의 언어란 자아의 실존과 함께 한다.

제주도 식물원 입구에서다. 키 높이만한 돌 하나가 방문객을 맞이하고 있다. 그냥 돌이라면 슬쩍 지나갈 것인데 거기 곁들인 설명문이 걸음을 붙잡는다. 본래 나무였던 것이 지각변동으로 인해 돌로 환생되었다고 한다. 나무가 돌로 변했으니 목변석木變石이 아닌가 하고 돌을 찬찬히 뜯어본다. 그때 나는 나무의 아픔을 보았던 갓 같다. 나무가 쓰러져 돌로 환생되기까지 얼마만한 역사와 그 역사의 진통을 겪었겠는가. 나무가 우는 소리를 돌에서 들은 것도 같다. 돌 속에는 나무가 쓰러져 돌이 되기까지의 진통이 있어 보였다. 그 진통 속의 폭풍한설을 읽는다는 것은 오히려 안이한 생각의 부스러기나 다름없는 일이었다. 성전환시술을 받았다는 어느 인물이 떠오른 것도 그 순간이었다.

변한다는 것은 진통을 함께 한다. 가령 씨앗에서 움이 틀 때 그 씨앗은 깨지는 아픔을 겪어야 한다. 꽃 또한 향기를 풀어놓자면 망울을 해부하듯 꽃잎이라는 보자기를 끌러야 한다. 꽃잎은 꽃의 향기를 감싸고 있는 보자기 아니던가.

꽃잎만이 아니다. 책 표지란 것도 꽃잎이나 다름없는 보자기다. 표지를 열어야 책 내용의 이런저런 향기를 읽을 수 있으니 표지 또한 꽃잎이다.

사물을 이렇게 본다는 것은 흔히 말하는 낯설게 보기다. 그런데 실은 낯설게 보기가 아니다. 그 사물에 깃든 것을 찾아내는 일이다. 지금까지 보이지 않던 것은 궁금하다. 수필가의 상상력은 그가 관심을 둔 세계의 내면을 찾아 이를 언어로 구축하는 일이다. 즉 언어가 되지 못했던 것을 언어로 탈바꿈 시키는 작업이다. 그 언어를 읽는 사람은 수필가의 눈을 통하여 새로운 세계의 아름다움을 비로소 접하게 된다. 그런 점 수필은 세계를 새롭게 안내하는 구실을 한다.

수필가는 물론 안내자라는 인기를 탐내어 수필을 하지 않는다. 세계를 참신하게 보고 느낀 것을 언어로 표출하는 작업에 충실할 뿐이다. 그런 점 수필가는 철저한 탐색가/탐험가이며 단독주의자다. 그 고독을 극복할 줄 아는 자가 수필가이다. 서로 단합하여 작업을 하는 단체작업이 아닌 홀로 들앉아 고독한 작업을 하는 마당에서 수필가는 오로지 생명을 유지한다. 함으로 뭉치면 죽고 흩어지면 사는 것이 수필가의 아름다운 삶이다. 시인인들 어찌 이에서 벗어나랴. 작품 속에서의 철저한 개성주의는 문학의 틀에서 어쩔 수 없는 인고의 길이며 어엿한 탐구정신이다.

수필은 독자의 구미에 끌려가려 하지 않는다. 다만 독자를 끌어오는 마력을 지닐 뿐이다. 독자의 인기를 얻고자 하는 수필은 진정한 의미에서 수필의 범주에서 멀다고 보는 것이 좋을 것이다. 흔히 아프고 슬픈 척하는 수필은 독자에게 얄팍한 감동의 미끼일 뿐 가치 있는 수필로서는 생각할 바가 있지 않을까 싶다. 수필은 엄살 부리기가 아닌 세계의 진실을 보다 함축성 있게 드러내는 문학이다.

그런 점 수필가는 미래지향형 인간이다. 고전을 익히는 것은 미래를 찾아 참신한 세계창출을 위함이겠다. 참신한 가운데 수필의 생명은 더욱 활달하게 핀다. 조금 거칠어 보이는 문장 속에 차라리 진솔한 내용이 담기지 않겠는가. 글을 다듬는 것은 빈곤한 내용을 감추려는 잔꾀에 지나지 않을 수 있다.

이우환 화백은 직경 약 80센치 정도나 되는 커다란 돌을 전시장에 전시한다. 다소 파격적이다. 그 파격이 감상자를 어리둥절하게 한다. 어떤 점 어리둥절한 것이 예술이다. 감상자는 그 돌에서 어리둥절한 침묵의 깊이를 볼 것이다. 어리둥절한 적막의 깊이를 볼 것이다. 아니면 의미 없는 어리둥절한 의미를 볼 것이다. 침묵이며 적막이며 무의미는 나름 예술의 한 장르가 되어 감상자의 가슴에 어리둥절한 무슨 말인가를 스스로 하고 있을 것이다. 설명으로는 부족한 그것에서 예술의 진면목을 읽고 볼 것이다.

기본을 익힌 다음 기본을 존중하며 나만의 길을 찾아 나서는 진통을 감수하기로 한다. 진통은 구각을 벗는 일이다. 그것은 또 다른 수필을 위한 지망없는 지향점이 될 것이다. 눈치를 보거나 몸 사리는 일은 아예 마음에 두지 않기로 한다. 군중 속에서 떨어진 외톨이가 되어 세상을 남다른 눈으로 깊이 통찰하는 지혜를 갖기로 한다. 그 길이 나름의 수필세계를 구축하는 또 다른 빛깔의 가닥이 될 것이다. 홀로이기를 두려워 말자. 호흡을 가다듬고 뜸을 들이자.

　당연한 이치이지만 수필을 말한다는 것은 나를 살펴보는 일이다. 하기에 나는 나를 위한 이런 저런 대변자다. 시와 수필의 두 장르 가운데 어느 쪽에 더 관심을 두느냐는 질문을 받는다면 뭐라고 할까. 두 마리의 소가 쟁기를 끌고 있는 밭갈이장소에서 어느 소가 일을 더 잘한다고 떠벌릴 수 있을까.

　지금 나는 시와 수필이라는 두 장르를 아울러가며 글의 텃밭을 가꾸고 있다. 콩을 심은 이랑과 팥을 심은 이랑을 다독거리고 있다. 콩은 콩대로 팥은 팥대로 가꿀 것이다. 어느 이랑은 잡초를 뽑아주고 어느 이랑은 뽑아주지 않는 일은 전혀 없을 것이다.

　밭갈이 농법에서 수필의 길을 이모저모 고민하는 나를 수시로 검색하고 있다.

시작후유증

지금 가만히 있다. 생각을 놓치고 가만히 있다. 소중하고 소중한 것을 놓쳐버린 경우도 헤아릴 수 없이 많다. 크게 놓친 것이든 작게 놓친 것이든 놓친 시간마저 놓치고 있다.

지금 이 순간에도 무엇인가 놓친 것이 있다. 그렇게 쓴다. 놓친 것은 무엇을 놓치는지도 모르는 사이 놓치고 알고도 놓친다. 보다 더 소중한 것을 놓친 때는 놓쳤다는 생각마저 하지 못한다. 천지분간이 되지 않는다. 나는 나 아닌 듯 멍멍하다. 그건 일종의 암흑이다. 아무리 찾아도 길을 찾을 수 없는 미로. 그 미로에서 겨우 벗어났을 때 무엇이 정작 어떻게 되었는지도 모르고 허탈감이란 것에 잠긴다.

놓친다는 것은 나를 잃는 일이다. 나라고 하는 존재는 껍데기만 있고 알이 빈 상태. 이런 일이 오래 지속되거나 자주 일어난다면 산다는 의미를 상실하게 된다. 삶을 잃어버리고 무엇을 어떻게 지향할 것인지 답답하고 막막한 일이다. 지금 가만히 있는 까닭도 따지고 보면 막막한 상태의 연속일 따름이다. 그런데 이 글을 쓰고 있다. 놓친 것이 안쓰러워 쓰고 있다는 생각을 한다. 놓친 것이 무엇인지 찾아야 한다. 놓친 길을 짚어보아야 한다. 짚은 길에서 놓친 것을 찾을 수 있을지 막막하다. 그런데 무엇을 놓쳤는지가 문제다. 생각을 되돌려보면 무엇을 쓰겠다고 한 것을 놓쳤다는 회답이 어렴풋이나마 보인다. 그때 무슨 신호가 번개처럼 떠오르는 것을 어렴풋이 느꼈다. 무엇이 될 것 같다고 촐랑거리는 사이 모처럼의 신호는 꽁지를 감춘다.

지금 가만히 있다. 사라진 꽁지가 어떻게 생겼나 생각해보기로 한다. 생각은 때로 자석 같은 힘을 갖는다. 자석에 끌리듯 생각의 이랑을 더듬거린다. 분명한 것은 이랑에 무슨 씨앗인가를 뿌린 것 같다. 그런데 어디에 어떻게 뿌렸는지 알 수 없다. 알 수 없는 것이 떨어져 있을 지도 모른다. 따분하지만 그럴 수 있다고 마음을 다독거린다.

하루는 멍청하게 창밖을 본다. 그런데 창밖 풍경이 네모 속에 들어 있다. 긴 네모, 가로세로 딱 정확한 네모 풍경이 창안에 들어있다. 네모 속에 산이 들어 있고 나무가 들어 있고 바다가 들어와 출렁이는 시늉을 한다. 창은 모든 사물을 네모로 보고 네모와 동거하라고 타이르는 듯하다.

네모는 정확하지만 융통성이라곤 없어 보이는 고집부리 같다. 답답한 네모. 그래 이번에는 세모꼴 창을 찾아 주위를 살핀다. 정삼각형에서 직삼각형, 예각 및 둔각삼각형 등 많은 삼각형이 뜻밖에 세상의 구조물을 차지한다. 그런데 창날 같은 삼각형은 보기에 섬뜩하다. 날카로운 창끝으로 냅다 찌를 듯 분위기가 다소 사납다. 반면 둥그스름한 형태는 사물을 원만하게 보는 힘을 갖게 한다. 둥근 창안으로 들어오는 보름달을 보는 저녁은 뭐든 잘 풀릴 것 같은 느낌을 받는다. 그런 저녁에 쓴 시는 푸근한 마음이 들어 앉아 편안한 시가 될 것 같은 생각조차 든다.

지금 고독이라는 것을 생각하고 있다. 고독은 어떤 형태일까. 때로는 네모, 때로는 세모를 닮은 것 같다. 어떤 사람은 고독을 음미한다고 한다. 네모를 음미하고 세모를 음미한다는 뜻일까. 음미하는 길에 시의 씨앗을 물고 오고 그 씨앗을 움트게 하는 힘이 있다는 생각을 하면 고독은 시를 위한 힘이다. 한 편의 시를 찾아내고자 고독은 밤새 뒤척이며 몸살을 앓는다. '한 송이의 국화꽃을 피우기 위'한 시인 서정주의 고독은 무서리가 되고 소쩍새의 피울음이 되었다. 시인 윤동주의 무시무시한 고독.

지금 보고 있는 바위도 고독이라는 의미를 함축하고 있는 듯하다. 단층짜리 집 채 보다 커 보이는 바위다. 크기만이 아니다. 생김새도 무슨 형태를 생각하게 한다. 어느 커다란 짐승이 죽어서 바위로 환생했으리라는 생각이 든다. 그 짐승은 코끼리였는지도 모른다. 코끼리 무리가 서로 엉켜 죽은 것이 바위로 굳었을 것이다. 죽음은 죽음으로만 끝나는 것은 아니다. 죽음이 코끼리로 변신하는 것은 능히 생각해 봄직도 하다. 뚜벅뚜벅 걸어가던 다리를 연상케 하는 바위의 어느 부분을 쓰다듬어 본다. 그러면 바위 속에서 코끼리 울음 같은 것이 들리는 환청에 잠긴다. 이름 짓기를 좋아하는 사람은 당연히 코끼리바위라고 부를 것이다. 코끼리바위 아래서 만나자고 약속하는 사람도 있을 것이다. 약속장소가 된 코끼리바위 곁에서 아무 약속도 없이 코끼리바위를 쓰다듬으며 어슬렁거린다.

어슬렁거리며 살아온 날이 코끼리바위에 새겨졌으리라고 생각하는 것은 당연한 자가당착이다. 그런 착각으로 사는 세월이지만 그렇게 싫지 않는 것은 스스로 아둔한 탓이다. '아둔한' 앞에 '아마'라는 말을 쓰다가 지운다. 그것은 아마가 아닌 분명히 아둔하기 때문이라고 스스로를 진단한다. 고독은 무엇이며 왜 그걸 생각하느냐고 누가 물을 때 속 시원하게 대답을 하지 못했으니 아둔한 일이다. 바위를 코끼리로 보는 눈 또한 아둔한 짓이다.

명쾌한 대답을 하지 못하고 혼자만 똑똑한 척 코끼리를 들추고 있으니 이 또한 몇 프로 부족한 일이지 싶다. 무엇을 한다는 이름 있는 사람, 나라의 살림을 죄지우지한다는 사람의 말을 들어보아도 말끝을 흐리는 경우가 더러 있다. 왜 그런가 했더니 뒷탈을 염려하는 것 같다. 이름 있는 사람이 되지 못한 처지에 무슨 이름 있는 지위에 오르겠다고 하는 뜻은 전혀 아닌데 고독을 두고 말끝을 흐리는 것은 개운하지 못하다. 날이 흐려서 그렇다고 말할까 말까. 아니 고독이란 것이 만약 돈벌이의 길이라면 대답은 아주 쉽게 나올 것이다. 어떤 사람은 고독을 일부러 그의 몫으로 끌어들일지도 모른다. 어떤 사람은 고독의 의미를 더 깊이 음미하고자 할 것이다. 고독은 당연히 시의 씨앗으로 자리 잡는다. 그 씨앗을 뿌리는 일, 그 씨앗을 수확하는 일 또한 고독으로 이루어질 것이라고 할 것이다.

시는 말할 수 없는 것을 말하는 언어행위라고 한다. 시는 질문이 아니고 빚을 청산하듯이 무엇을 깨끗하게 정리정돈하는 손털기 아니라고 한다. 시는 유형과 무형의 변두리를 어슬렁거리는 행위라고 한다. 그 어슬렁거림에서 나름의 새로운 고독과 만나는 일이라고 한다. 이 글의 '라고 한다'를 보아도 시는 안개 속 같다. 그 안개 속을 헤치는 바람소리 같다. '같다'라는 어미가 어중간하다면 '이다'로 수정해도 좋을 것이다. 즉 시는 안개다. 시는 바람소리, 빗소리다.

지금 바람소리를 듣고 있다. 지금 빗소리를 듣고 있다. 바람이든 비든 그것은 시와 어울리는 고독으로 변주된 분위기 아닌가. 바람소리를 먹고 바람소리의 분위기가 있는 시를 좋아하는 독자가 있는가 하면 딱딱한 쇳소리 같은 시, 덕장에 걸린 깡마른 동태 같은 시를 좋아하는 독자도 있다. 그러나 시인은 독자의 구미를 맞추어 시작을 하지 않는다.

독자를 끌어들일망정 독자에게 꼬리를 치며 빌붙지 않는다. 독자가 찾아와야 한다. 그 미끼가 시다. 시의 미끼는 당연히 고독이다. 눈에 보이지 않는 고독을 눈에 보이게 하는 시는 일종의 마성魔性이다. 거기 중독되면 빠져나가지 못하지만 이성을 잃지 않는 건전하고 아름다운 고독에서 싹이 튼 마다. 시의 세계에는 언어의 미학, 상상력의 건전함과 참신함이 독자로 하여금 지금 여기에서 지금 저기로 껑충 치솟게 한다. 그런 노력으로 시를 쓴다고 감히 너스레를 떤다.

여전히 숙제는 남는다. 무엇을 어떻게 쓸까, 무엇을 어떻게 읽을까, 무엇을 어떻게 보고 들을까, 무엇을 어떻게 생각할까. 지금 나는 '무엇을 어떻게' 병에 걸린 숙제에 고민한다.

이런 식으로 시간을 보내는 것은 따분하다. 아무것도 쓰지 못하고 읽지 못하고 보거나 듣지도 못하고 멍청하게 지내는 얼빠진 경우가 허다하다. 어쩌면 나는 눈머거리다. 귀머거리다. 오감이란 것이 모두 닫혀버린 캄캄한 어둠이다. 더욱 답답한 것은 답답하다는 것마저 모르고 지금 어디론가 가고 있다.

집에서 나설 때 어디로 간다는 생각만 마음의 네비게이션에 찍었다. 구체적으로 어느 길을 돌아 어떻게 간다는 내용은 전혀 입력시키지 않았다. 입력회로가 망가지면 어디로 간다는 방향마저 잃고 도중에서 허둥댈 것이다. 고장이라는 것은 물론 입력 단추를 잘못 다루었을 때 화로의 실금이 서로 엉클어지거나 끊어질 때 일어날 수 있는 일이다. 때로는 뜻하지 않는 과부하에 걸려 한쪽으로 기우는 쏠림을 견디지 못하고 찌그러질 수도 있다. 그 사정을 미처 파악하지 못하고 방심하는 경우가 더러 있다.

지금 나는 무엇을 쓰겠다는 생각을 하고 있다. 이 무엇은 미처 입력시키지 못한 파일이다. 하기에 이 생각은 어쩌면 알맹이 없는 것이 될 것 같다. 그런데 이상한 것은 알맹이가 없으면 어떠냐하는 당치도 않는 오기 같은 것에 끌린다. 알맹이가 없는 것이 알맹이 아닌가 하는 생각이 터무니없게도 내 생각을 쿡쿡 찌른다. 이런 비슷한 억지논리는 어디서 가끔 듣고 읽은 것 같다. 지금 나는 그런 논리 아닌 논리를 되풀이하고 있다. 말이 좋아서 되풀이지 따지고 보면 앞선 말의 흉내 내기에 지나지 않는다.

지금 나는 네비게이션의 지시대로 왼쪽 오른쪽을 살피며 가고 있다. 그런데 가는 목적지가 성큼 떠오르지 않는다. 출발할 때 간다는 것에만 입력하고 어디로 어떻게 간다는 정보는 전혀 입력시키지 않았다는 것을 반성한다. 살면서 어느 한 군데도 구체적인 생활계획이란 것을 세우지 못했다는 것을 반성한다. 이런 엉거주춤한 반성인들 얼마나 오래 가고 얼마나 그럴싸하게 실현되겠는가를 생각하는데 그

가능성이란 것에 그다지 자신감이 서지 않는다.

나는 지금 무엇인지도 모르는 것에 어긋나고 있다. 처음의 생각은 시간이 지나는 사이 빛깔이 바래지거나 뜻아닌 일이 중간에서 훼방을 놓는 경우도 있다. 한번은 뜻밖에 지인을 만나 근처의 커피숍에 둘렀다. 그 동안 살아오느라 힘들었던 이야기가 지인의 입에서 떨어지고 나는 이야기를 듣느라 눈을 끔벅거리며 귀를 기울였다. 그러는 사이 가려던 길이 점점 멀어지고 있다는 생각이 들었다. 다시 방향설정을 해야 하는 나는 지인과 헤어지면서 삶의 아픔, 삶의 먹먹함에 대해서 거듭 생각의 머리를 짚었다.

어느 철인이 쓴 글이 아니더라도 생활의 지혜라는 것에 생각이 머문다. 그것은 아무래도 철학적인 실용적인 명제를 요구하는 것 같다. 굳이 철학이라는 말을 들추지 않아도 세상을 슬기롭게 살아가는 지혜는 지인의 이야기 속에 있지 않던가. 철학이라는 것을 어렵게 생각할 때 철학은 사라지고 삶의 지혜마저 사라질 것이다. 그래 지금 쓰고 있는 이 얇은 생각이 철학일 수도 있다는 생각에 어쩔 수 없이 만족하기로 한다.

삶을 두고 아니 철학을 두고 뭐 야단스럽게 수선을 떨 일도 아닌 것 같다. 무엇을 심각하게 생각하고 있을 때 내 표정은 어떠했을까를 생각하면 피식 웃음이 나오기도 한다. 찌푸린 미간, 굳어버린 안면근육, 멀리 눈을 두고 뭣인가

를 골똘히 생각하는 듯 고뇌에 찬 표정은 어떤 점 희화戲畵
를 떠올리게도 한다.

지금 무엇인가를 쓰고 싶다. 살아 있다고 말하고 싶다.
누가 뭐랬나. 쓰고 싶으면 쓰고 말고 싶으면 마는 것이지
그걸 굳이 떠벌릴 일은 아니지 않는가. 그런데 지금 떠벌
리고 있다. 아무리 생각해도 이건 자신감이 떨어진 탓일 것
이다. 대여섯 살 쯤으로 보이는 아이가 계단을 뛰어내리면
서 자신 있다고 소리치는 걸 티브이에서 본다. 그런데 나
는 아직 아무것도 자신 있게 쓰지 못하고 있다.

무엇을 놀아볼까. 무엇을 해작거릴까. 나날이 가관인 나
를 본다. 좀 움직여야겠다.

수필 편도선扁桃腺

징후 · 1

글쓰기에도 숨쉬기란 것이 작용하는 것 같다. 그런 생각으로 긴 호흡 짧은 호흡을 글쓰기에 시도한다. 만용을 부리는데 그게 내 분수가 아닌 듯 전체의 몰골이 비뚤어진다. 글의 바닥에 커다란 구멍이 뻥 뚫린다. 어둠 속 같은 캄캄한 미로를 허덕이며 가는데 무슨 걸림돌은 왜 그리 많은지. 번번이 발을 헛딛는 나는 또 길을 놓치고 허탈하게 주저앉는다.

처음 뭔가를 끼적거릴 때는 글의 형태가 잡히겠구나 하는 작은 들뜸에 다소 신명이 났다. 그 신명의 실마리를 따라 가면 글의 지평이 열릴 것이라 믿었다. 그런데 아니다. 처음 몇 줄은 그런대로 고분고분 말을 잘 들어주었다. 하지만 써나갈수록 생각이 막히고 끝내는 빈 구덕 같은 것이 발목을 콱 잡고 더 이상 나가지 못하게 나둥그러진다.

언젠가 길섶에서 본 깡마른 나무에서 새 움이 솟아오르던 것에 무뜩 생각이 끌린다. 나무는 생명을 향한 끈질긴 지혜와 힘을 갖고 있다. 겨울 동안 그대로 얼어 죽은 것이나 다름없었던 나무였는데 계절의 온기를 몸에 감고 새 움을 뽑아낸다. 모진 눈바람에 등을 웅크리고 있었을 헐벗은 나무는 겨울바람 앞에서 모두를 비운 완전한 무의 상태로 지내왔지 싶다. 무無는 유有니라. 비움으로써 자아발견의 길이 보인다고 하지 않는가.

나무에서 파르스름한 새 움이 트는 생명력은 멍청한 나에게 던지는 어떤 가르침이다. 이를테면 물러설 줄 아는 시기와 나아갈 줄 아는 시기를 놓치지 말라는 명심보감 같은 구절이 가지마다 주렁주렁 매달려 있지 싶었다. 그 구절을 읽어야 했다.

경제지상주의가 가장 심각한 세상살이에서 수필쓰기는 따분한 짓거리다. 누군가 그렇게 쑤군거릴지 모른다. 그런 점 나는 기운이 팍 처지도록 한심한 존재라고 스스로에게 말해본다. 빈 쪽지 속에 새로 움트는 계절이 들어 있지 않겠느냐고 하는 상상은 어떤 점 한심하기 짝이 없는 잠꼬대나 다름없다. 그런데 빈 쪽지에 뭔가를 끼적거릴 때는 끼적거리지 않는 때보다 정신이 살아 있어서 좋지 않겠는가고 나를 위무한다. 살아 있으려면 빈 쪽지에나마 뭔가를 구상하는 그림을 끼적거려야겠다.

어느 날은 대밭에 서 있었다. 대나무의 울음은 바람에 흔들리는 댓잎소리만이 아니었다. 그것은 대나무의 속청에서

울리는 보다 아늑한 심연의 소리였다. 가장 깊은 소리는 가장 깊은 데서 울리는 소리임을 대나무가 넌지시 타일러 주었다.

빈 쪽지 안에서 자라고 있을 깡마른 나무며 대나무도 있지 않겠는가. 끼적거림은 그 숨결을 찾아가는 일이기도 하다. 비로소 숨통 하나 찾았다며 먼데 하늘을 본다.

징후 · 2

수필 속에 길이 보인다고 흔히 말한다. 그 길은 어디로 얼마만큼 뻗어 있는지도 모르는 까마득한 길이다. 그런데 아무리 열고 뜯어보아도 길은 좀처럼 보이지 않는다. 길은 커녕 안개 속이다. 안개는 길을 감추고 나를 애타게 하는지도 모른다. 절망이다. 절망하고자 수필에 매달려 이러쿵저러쿵 군말을 늘어놓았을까. 누구라 할 것 없이 희망을 찾아 이 시간을 살고 저 시간을 사는데 굳이 절망이라니 싹수부터 노랗다.

겁도 없이 수필의 길에 들어서면서 노란 싹수로 된 유전인자를 받았는지도 혹 모른다. 그렇다면 노란 싹수나마 즐기며 놀기로 하자. 노란 샤쓰 입은 사나이를 좋아한다는 노랫가락도 있지 않는가. 그러고 보니 내가 그 노랫가락의 주인공이라는 터무니없는 생각에 끌린다. 하기야 그런 착각이 나를 살리는 모순인지도 모른다. 그 길이 가파른 세상을 사는 수단이라면 못난 수단 하나쯤은 되겠지만.

어설픈 생각이지만 수필문장은 수필의 알갱이를 감싸는 하드웨어쯤으로 생각하는 때가 수시로 있다. 문장이 감싸고 있는 수필의 주제며 사상이란 알갱이는 당연히 소프트웨어다. 하기에 튼튼한 하드웨어 속에 웅숭깊은 소프트웨어가 들앉는다. 생각나는 대로 쓰는 수필에 정석이 있을 수 없다. 만약 정석이 있다면 정석대로 쓰느라 수필은 숨이 막힐 것이다. 정석대로 써야하기 때문이다. 정석이 없다고 생각하는 나는 수필의 올가미에서 풀려난 막되 먹은 망나니, 하드웨어와 소프트웨어를 꿰맞추는 말썽꾸러기다.

어느 주식해설가는 거품현상이라는 말을 했다. 수필에는 수필이라는 정석이 있는데 그걸 거들떠보고자 하지 않았다. 하기에 주위의 눈총에 아랑곳없이 장구 치고 북 치는 천방지축으로 놀기를 즐긴다. 이는 내가 갖는 수필에의 거품현상이라고 떠벌린다. 거품에도 그 나름의 다부진 정석이 있지 않는가.

어엿한 수필문학에 어찌 정석이 없을까보냐. 다만 수필의 정석을 익힌 다음 내 나름의 새로운 정석을 펴나가고자 할 따름이다. 아으 동동動動.

징후 · 3

공간은 다른 수필을 받아들이는 곳간이다. 하기 때문에

비어 있어야 하고 비어두는 것이 다른 수필을 위한 마음씀
씀이가 된다. 가령 그 공간 어느 귀퉁이에 깃대 하나를 세
운다고 하자. 그러면 그 깃대를 위한 자리 하나쯤은 비워
두는 넉넉한 마음이 있어야겠다.

나락을 찧는 방앗간 한쪽 공간에는 겨가 뭉긋하게 쌓였
다. 켜켜이 쌓인 겨에서 귀가 쫑긋한 버섯 같은 것이 솟아
오르는 걸 본 적이 있다. 그것은 공간이 밀어 올리는 수필
을 위한 깃대일 것이라며 나는 믿었다. 쌓인 겨 무더기가
온 몸으로 밀어 올리는 깃대, 바람이 후딱 지나가면 날아
가버릴 겨 무더기가 제 몸 속에 생명체나 다름없는 깃발을
나부낀다. 무엇이든 쌓이면 새로운 깃발이 되어 나부끼는
수필이 된다는 생각을 그때 하고 있었는지 모른다. 누룩 덩
어리에서 곰팡이가 피어 그 곰팡이가 사람의 미각을 지켜
주는 무엇이 되지 않던가.

사람이 쏟아내는 무수한 말이 쌓이는 곳에 말의 깃발이
라는 것이 자랄 것이란 짐작을 하게 된 것은 요즘의 일만은
아니다. 입에서 나온 말은 상대에게로 가서 상대의 가슴에
맞춤형식으로 들어앉거나 허공으로 사라지는 허공이 되기
도 한다. 말의 껍질은 한동안 지리멸렬하게 헤매다가 방앗
간의 겨 무더기처럼 한 자리에 소복소복 모여 쌓인다. 켜
켜이 쌓인 말의 껍질 속에서 말 부스러기의 깃발이 자랄 것
이란 나름대로의 생각이 든다. 그것은 머잖아 수필로 뜸이

들어 익을 것이란 생각 또한 터무니없이 하게 된다.

그리고 보니 쌓이는 것은 그냥 쌓이는 것만이 아니다. 새로운 수필의 몫을 위한 나부낌을 그 속에 간직하고 있을 것이다. 깎아 버리는 손톱 부스러기, 연필 부스러기, 책상 밑 바닥에서 쓸어낸 먼지 부스러기 속에도 나름대로의 수필을 위한 온기를 품고 있을 것이란 짐작에 끌린다. 다소 엉뚱하기는 하다. 세상은 수필을 위한 수필의 온상 아니겠는가.

지루한 날은 지루한 날의 온상이다. 그 온상에 자라날 홀가분한 수필을 보는 것은 새로운 세상보기라고 하겠다. 새로워지고자 탈바꿈을 꾀하는 노릇이라고 짐짓 노릇을 두둔한다.

땅을 비집고 솟아오르는 새싹은 땅속의 세상을 먹고 자란다. 나는 그 새싹에게로 가서 땅속의 세상을 애써 보고 들으려 한다.

징후 · 4

조금 전에 번개처럼 떠오르다 깜박 사라진 생각은 좀처럼 다시 오지 않는다. 곧장 옮겨 적어야 하는데 뭘 좀 꾸물대는 사이 아쉽게도 놓쳐버린다.

생각에도 날개가 달려 있어 어디론가 뜬금없이 사라지는 법이라고 혼잣말을 한다. 사라지는 그림자에도 빛깔이 있을까. 만약 있다면 그 빛깔을 찾으면 생각이 떠난 방향을 찾을 수 있을 것 같다. 떠오르지 않는 구절의 뒤꿈치나마 찾으려 마음의 눈을 여기저기 굴린다. 한 번 사라진 것은 애걸복걸해도 돌아오지 않는다는 것을 여러 번 겪어서 알기는 안다.

하지만 미련은 남는다. 방금 지나간 바람소리는 누구의 목소리를 닮았다는 등 그 목소리의 주인공을 생각 속으로 끌어온다. 그러면 목소리의 형태, 빛깔이 좀 뚜렷하게 드러난다. 그러면 바람소리에서 어렴풋이나마 그를 보는 느낌을 받는다. 그러나 이 또한 꽁지를 잡을 수 없는 허망한 생각일 뿐이다. 어쩔 수 없다. 지나간 생각은 아예 없었던 걸로 하기로 마음을 정리한다.

생각에도 당연히 형태[model/form]라는 것이 있다고 나는 우긴다. 형태는 그가 생각하는 성질에 따라 동그라미, 네모꼴, 세모꼴 그리고 마름모꼴 등 온갖 모양새를 갖는다. 가령 부드러운 어조는 둥글고 억센 말의 꼬리는 세모거나 마름모꼴이다. 화살표 같은 날카로운 생각의 서슬은 몸을 움츠리게 한다. 멋대로 이름을 짓는 노릇이지만 이런저런 생각의 갈래와 형태는 때로 고정된 틀에서 벗어나는 힘이 되기도 한다.

이렇게 생각의 모양새를 풀어보는데 바람인들 어찌 형태가 없을 거냐며 하는 소리가 귀에 쟁쟁 울리는 것 같다. 사물만이 형태가 있다고 우기는 것은 사람이 갖는 고정관념에 지나지 않는다. 그래 관념어를 구체어로 성 전환을 시도하려는 터무니없는 발상에 잠긴다. 이 또한 모자란 생각이라면 어쩔 수 없지만. 이런저런 뜬금없는 생각의 뿌리에서 상상력을 키우는 일종의 엽록소 같은 것이 자라지 않겠는가.

고정된 것은 아무것도 없다고 지동설이 덩달아 말하지 않겠는가. 그다지 구체성도 없이 이런저런 생각의 난수표를 굴리고 있다.

징후 · 5

흘러간 물줄기의 꼬리를 물고 또 다른 물줄기가 따라간다. 강물은 강물끼리 서로 물고 물리며 다정하다. 수 백 마리나 되는 물소가 무리를 지어 지나가는 숨찬 광경이 강물에 떠오른다.

수십 명이나 됨직한 관광객이 줄을 지어 도심지역을 지나가는 것을 본 적이 있다. 사람의 무리가 강물이었다. 그들은 선도자가 들고 가는 깃발을 따라가고 있었다. 앞사람을 놓칠까봐 앞만 보고 걸어가는 인상이 짙었다. 낯선 도시를 관광하는 것은 앞사람의 뒤통수거나 등을 보고 가는 것이나 다름없어 보였다. 낯선 도시에서 길을 잃고 헤매게 될 따분한 처지를 머릿속에 주머니처럼 넣고 다니는 그들을 한 동안 보고 있었다.

언젠가 중국 황산지역을 둘러볼 때였다. 여기저기 구경할 생각보다는 일행을 놓치면 어떻게 하냐면서 부지런히 따라다니기 바빴다. 낯선 나라, 낯선 곳을 여행할 적에는 안내자의 꽁무니나 꼬박꼬박 따라다니는 나는 어쩔 수 없이 눈알을 동그랗게 뜬 겁보였다.

산다는 것은 앞사람을 따라가기라는 생각이 드는 건 피할 수 없다. 앞사람이 남긴 발자취를 따라 걷는 것은 편안하다. 앞사람이 남긴 책을 읽는 것 또한 편안하다. 그런데 무슨 심통이 나를 꼬집는다. 따라가기만 하는 내 발자취는 무언가하고 돌아보는데 아무것도 없다. 이래서는 아무 의미 없는 따분한 삶의 연속일 뿐이다. 앞사람은 앞사람, 나는 나라고 하는 존재 아닌가. 거기 생각이 맞장구를 친다. 내 안에서 소용돌이치는 동조자가 목소리를 높이며 일제히 환호한다. 그 환호에 힘을 얻은 나는 앞사람의 길에서 벗어나 내 길을 찾아갈 머리를 짠다. 내 깃발, 내 구호를 생각한다.

한 줄의 글에서도 내 나름의 참신한 생각이 있어야 나다운 꼴이 되지 않겠는가. 대상을 보는 남다른 시선이 따를 때 내 세계가 있을 것이라며 나를 모질게 닦달하기로 했다. 가령 쓸쓸함 속에서 쓸쓸함의 빛깔을 찾아내어 내 나름의 새로운 쓸쓸함의 형태를 그릇처럼 빚어내고자 했다.

작품에 있어서만은 나는 나, 너는 너라는 개인주의로 팽팽한 세계 아닌가. 그러나 이런 쌀쌀함도 작품을 떠나면 곧 부드러운 분위기로 돌아서는 걸 본다. 단짝이 되는 것이다.

징후 · 6

산 너머에는 무엇이 있을까 궁금해 한 적이 있다. 해가 기우는 언덕 쪽이었다. 좁은 오솔길이 꼬불꼬불 해를 따라 가고 있었다.

언제 보아도 언덕은 멀고 아득하기만 했다. 멀고 아득하다는 말은 그때 익혔지 싶다. 열 살 무렵의 일이다. 멀다, 아득하다, 까마득하다는 나를 따라다니는 성가신 화두처럼 굳어버렸다. 그 화두를 떠올릴 때는 열 살 무렵의 나를 본다. 그런 나는 고향 널마루에 앉아 뉘엿뉘엿 기우는 먼 산을 보고 있다.

그때만이 아니다. 멀고 아득하고 까마득하다는 말의 탯줄에 묶인 나를 수시로 본다. 지금 하고 있는 수필의 길이 그렇다고 말하고 있다. 어느 것 하나 고분고분 풀리지 않는 글의 가닥이 나를 얽어맬 때는 해가 기우는 언덕이 눈에 어른거린다. 저녁놀을 보던 나는 마당에 내려앉는 참새를 보고 있다.

산 너머 그곳에 가본 적이 없다. 궁금했다. 이 궁금증에서 저 궁금증으로 번져갈 때 새로운 무엇이 태어나길 바라고 있었는지 모른다. 궁금증을 엮어 다른 궁금증으로 옮겨

가는 일 또한 수필을 하는 보람이라는 생각을 한다. 궁금증이 약이다. 나는 그것을 혼자 처방하고 혼자 꿀꺽 삼키는 수필을 쓴다. 때로는 간이 맞지 않아 다른 소금을 친다.

사업을 하는 사람은 더 많은 궁금증을 풀고자 은행융자를 얻어 쓴다고 들었다. 열심히 궁금증을 풀어 융자를 갚아나간다. 융자를 갚으려면 더 크게 궁금증을 늘리고 더 큰 궁금증을 풀어나가는 머리를 굴린다. 궁금증을 이용하여 궁금증을 풀어나가는 사이 사업이 번창한다고 하니 궁금증이 사업번영의 길이며 빛이다.

수필인들 다를 수 없지 싶다. 오늘의 궁금증을 보다 새로운 각도로 풀어나가는 사이 눈에 보이지 않던 길이 뜨이지 않겠는가. 그런 탓이었는지 궁금증이 메말랐을 때 나는 빈 깡통에 지나지 않았다. 산 너머 그곳을 생각하는 나는 그나마 일종의 궁금증을 갖는 것이라는 착각에 빠진다. 착각은 자유라고 했으니 착각이 즐겁다. 나는 그 즐거움을 누리고자 알아주지도 않는 착각을 하면서 이런 저런 궁금증과 싱겁게 논다. 눈에 띄는 생각만 하고 살기에는 뭔가 턱없이 모자라고 아쉽다. 때로는 바람 잡는 시늉으로 허공에 손을 뻗어 어제 놓친 생각의 길을 찾아 허우적거린다.

멀다, 아득하다, 까마득하다에 필feel이 꽂힌 나는 산 너머가 길이다. 이 또한 나만의 터무니없는 착각이다. 딴 도리는 없다. 이런 때는 스스로를 달래는 처방을 구한다.

처방은 나를 살찌게 한다.

징후 · 7

고에 걸린 것이 잘 풀리지 않는다. 가시에 철조망에 덫에
걸린 탓이다. 생각의 목젖이란 덜미에 걸린 탓이다.

목젖에 걸리는 생각을 바꾸기로 한다. 화법話法을 바꾸는
일이다. 화법을 바꾸는 것은 생각의 길을 바꾸는 일이다.
지름길이든 둘러가는 길이든 지금까지와는 다른 길을 찾아
야겠다. 혹 누가 왜 바꾸느냐고 물으면 뻔해서, 그게 그 말
이라서 바꾼다고 대답할 것이다.

어제 화법을 그대로 써먹을 수는 없다. 그런데 식상한 줄
도 모르고 어제 이야기에 어제의 양념을 친다. 양념을 먹
고 부풀어 오르는 어제 맛은 빵빵한 비대증 환자 같은 풍선
이 된다. 멋모르고 삼킨 어제 입맛이 뻥 터진다. 터진 입맛
을 집어든 나는 터진 입 언저리에서 쭈글쭈글한 주름살을
읽는다.

나무그늘 아래 한 노파가 앉아 있다. 노파의 얼굴에 터진
입맛이 떠오른다. 쭈글쭈글하다. 고정관념이지만 그렇다.
사람마다 다 다른 입맛을 함부로 말할 수는 없다. 사는 길
에는 말할 수 있는 입맛과 말할 수 없는 입맛이 따로 있는
것 같다. 사진정리를 할 때도 그랬다.

전날 쓴 구절을 버린 뒤 다시 쓰다듬은 적이 있다. 아침

에 버린 사진을 저녁에 다시 챙긴다. 버리는 행동과 다시 걷어 들이는 행동 사이에는 행동곡선이라는 구도가 있을 것 같다. 그것을 심리곡선이라고 은근히 말해 본다. 내 생각의 주파수는 지리멸렬하다. 이렇고 저렇고 일관성이란 것이 전혀 없다. 좀 바르고 느긋한 생각이었으면 한다.

산이 눈앞에 떠 있다. 아침에 보던 산이다. 바다가 눈앞에 떠 있다. 아침에 보던 바다 아닌가. 산과 바다에 둘러싸인 마을에서 산과 바다처럼 살고 싶다. 그런데 나는 맹물이다. 산이 품고 있을 산을 모른다. 바다가 품고 있을 바다를 모른다. 모르면서 아는 척한다. 그러니까 가짜다. 산해山海의 뿌리를 모르고 이러쿵저러쿵 산과 바다를 말하는 엉터리.

위험하다. 나를 옭아매는 생각의 입맛에만 길들어 꼼짝하지 못하고 산다. 따분하다. 못마땅하다. 이 관습에서 어서 벗어나야겠다. 그러고 보니 나는 옭아 매인 입맛으로 사는 가짜인 줄 모르고 진짜처럼 입을 다시는 멍청이다. 나는 스스로 폐쇄적이다. 이 질긴 우환에서 어서 벗어나야겠다.

폭포 아래 서서 입맛을 헹구는 폭포물이나마 된통 뒤집어써야겠다. 폭포는 내 서툰 입맛을 가짜 아니게 헹궈주는 죽비 아니겠나. 맞고 또 맞아야겠다. 개운하리라.

징후 · 8

눈에 임플란트 광고지가 닿는다. 다른 광고지와 나란히

지하전철 객실 벽에 붙어 있다. 벽면에도 임플란트가 필요했을 거라며 싱거운 생각을 한다. 임플란트 시술을 받았다는 그가 문득 떠오른다.

나무를 심을 때는 토질이 좋아야 한다. 물 빠짐이 알맞고 비옥한 토질은 나무를 든든하게 자라게 하는 길이 된다. 임플란트를 위해선 잇몸이 튼튼해야 심은 치아가 안전하다고 한다.

객실의 벽은 아주 튼튼해 보인다. 광고지를 일부러 떼지 않는 한 든든하게 붙어 승객들의 눈을 끌 것이다. 치아에 문제 있는 승객은 그 광고지를 기억해 두었다가 어느 날 그 치과병원을 찾아 상담할 것이다. 광고지는 그런 점 사람에게 어떤 편리를 준다. 임플란트 시술을 받은 그 또한 치료 효과를 보았다면서 만족해했다.

의술의 발달은 몸의 부실한 부분을 제거하고 보다 건전한 방향으로 건강을 유지하게 한다. 갑자기 어긋난 몸속의 오장육부란 것을 절제/봉합하는 등 쾌적한 시술을 하여 인명을 구제한다. 이런 일이 더욱 발달하면 향후 간이며 폐 그리고 위장이란 것을 인공적으로 생산하여 인체에 부착하는 시대가 올지도 모른다. 자동차의 낡은 부품을 교체하듯 인체의 이런저런 장기를 달고 아무렇지도 않게 건강하게 살아가는 초의술시대가 도래할 것이란 예감이 드는 건 지나친 속단인지도 모른다.

끔찍한 일이지만 진행되는 현실이 그런 생각을 갖게 한다. 임플란트라는 광고지 또한 그런 생각을 하게 한다면 그릇된 연상일까. 영원한 내 것이란 그렇게 흔하지 않다. 애지중지하면서 살던 집도 어느 날 무슨 이유로 집을 팔고 이사하는 세상이다. 가보나 다름없이 아끼던 물건이 어떤 사유로 인하여 아끼던 손에서 떠나는 날이 있다. 하지만 바꾸고 어쩌고 하는 것만이 능사는 물론 아니다. '검은 머리 파뿌리가 되도록 함께 하라'는 결혼식의 주례사만 보아도 생이 끝나는 날까지 서로 사랑하며 오붓하게 살라는 간곡한 부탁이 담긴다.

부부생활은 임플란트가 아니라고 흔히 말한다. 싹쓸이하듯 갈아치우자는 뜻은 물론 아니다. 잘못된 것은 갈고 닦아 수리하여 본래의 뜻을 살리는 노력에 부부생활의 보람이 있다. 어긋나면 다독거리는 것이 부부임플란트 아니겠는가.

문장에도 임플란트라는 것이 물론 걸린다. 어긋난 부분을 다듬어 고칠 경우 낡은 생각이 어느새 반듯하게 돌아온다. 지금 쓰고 있는 이 글에도 임플란트를 거쳐야 될 구절이 한둘이 아닐 것이다. 상투적인 것, 두 번 세 번 우려먹은 것을 빼고 새로 갈아 끼우는 노력을 해야 겠다. 치과의 임플란트만이 임플란트는 아니다.

임플란트 시술을 받은 그는 밥맛이 살아난다도 했다. 살아 있는 글맛을 생각하는 날이다.

징후 · 9

등산길에는 이런저런 널따란 바위도 있다. 자갈돌을 비집고 호리호리 몸 관리를 잘한 풀잎이 발끝에 솟아 있다.

조금 전에 떠오른 생각의 갈래를 찾아 이리저리 머리를 굴린다. 그런데 자꾸 헷갈린다. 덜 삭은 것을 끄집어내려니 그런 것 같다. 섣불리 끄집어내면 생각의 팔삭둥이가 될지 모른다. 부드럽고 연한 풀줄기가 돌을 머리로 떠밀고 치솟아 오르는 것을 본다.

아무 주변머리도 없는 싱거운 발상에 곱표를 쳐야겠다. 비슷한 것만 생각하고 비슷한 문장만 끼적이고 있으니 참신한 발상을 기대하기는 아주 글렀다. 나는 지나치게 안이하다. 나는 지나치게 술에 술탄 듯 밋밋하다. 좀 그럴싸한 맛보기는 없을까 두리번거린다. 길 저쪽에 누가 앉아 있는 허우대가 보인다. 그도 고갯길이 힘에 부쳤나 부다. 가만 보니 사람덩치를 닮은 바위덩어리다. 바위를 사람으로 착각하다니 한심한 눈이다. 한심한 눈도 혹 쓸모가 있을 것이라며 손등으로 눈언저리를 비비적거린다.

생각의 목젖에 무엇이 걸린 듯 텁텁한 느낌이 든다. 그걸 곰곰 삭이느라 너럭바위로 자리를 옮기는데 저쪽 쪽빛하늘의 깊이가 무서울 만큼 아득해 보인다. 쪽빛 속에 또 다른 쪽빛이 깔려 있다. 눈을 이쪽으로 돌리면 이쪽 하늘 또한 쪽빛이 삼삼하다. 쪽빛에 눈을 팔며 쪽빛과 친하기로 마음먹는다. 몸과 마음이 쪽빛으로 물드는 순간, 야호를 연발하며 고함을 쳐도 좋을 것 같은 쪽빛하늘에 풍덩 빠져드는 느낌이 든다.

계절은 누가 이래라 저래라 하지 않아도 제 스스로 눈치채고 나뭇잎을 물들이거나 사람이 먹기 좋게 열매에 달콤한 맛을 집어넣는다. 가만히 침묵하고 지내던 나무의 침묵은 새 계절에 안성맞춤인 옷을 갈아입는다. 그런 재치를 갖는 나무를 배우는 것이 세상을 참신하게 보고 익히는 일이지 싶다. 그런 점 나무는 때로 의미 깊은 상상력 교과서다. 어릴 때 책상 위에 교과서를 바로 세우고 또박또박 글을 읽었다. 어느새 나는 계절의 갈피를 한 장 한 장 넘기는 학생이다.

사람들은 대개 스마트폰의 창을 통하여 일찍이 눈뜬 계절소식을 보고 듣는다. 누가 그걸 찍어 퍼뜨리는데 단 몇 초도 걸리지 않아 소식은 세계를 마구잡이로 휘젓고 관통한다. 빛의 속도를 때려잡을 것 같은 디지털세상은 때로 두렵다.

산길에서 배울 수 있는 것은 무엇일까. 그것은 어쩌면 여름에서 가을로 환승하려는 계절의 환승시간을 알아맞히는 일이겠다. 그 지혜를 굴리는 법이나마 익히고자 고개를 여기저기 돌리고 있다.

새는 보이지 않는데 새소리가 들린다. 단음절이다. 가파른 산길을 타는 나도 단음절 걸음걸이다. 가다가 쉬고 가다가 쉰다.

징후 · 10

전화벨 소리가 들린다. 집에는 나 말고는 아무도 없다. 나는 전화를 받지 않기로 한다. 목욕을 하느라 탕안에 잠긴 몸이다.

한 달포전이다. 그때도 목욕을 하고 있었다. 온 몸에 비누를 칠하고 있는데 전화벨 소리가 울렸다. 소리에 끌려 자동적으로 일어나려는 순간 욕탕 바닥에 고꾸라졌다. 머리에서 피가 콸콸 쏟아졌다. 손으로 피가 흐르는 곳을 꾹 눌렀다. 피는 내 손바닥을 우습게 여기는 듯 계속 흘렸다. 문설주 모서리에 머리를 찍었던 모양이다.

이상하게도 그때 수필의 아이디어가 흐르는 피처럼 콸콸 솟아올랐으면 하는 생각이 들었다. 피는 멈출 줄 모르고 계속 이마를 타고 내렸다. 밖에 나갔던 아내가 마침 돌아왔다. 피가 멈추지 않는 내 머리를 보고는 콜택시를 부르다가 119를 부르느라 정신이 없는 듯했다.

이런 난리법석을 치른 다음 화장실에 있을 때는 전화를 받지 않기로 마음먹었다. 뒷날 내 머리의 상처를 본 동료들도 그런 때는 어떤 전화도 받지 말라고 거듭 당부했다.

자라에 놀란 가슴 솥뚜껑 보고도 놀란다고 했다. 문설주에 머리를 다친 다음 각진 기둥을 보면 겁을 먹는다. 책상 모를 보아도 겁을 먹는다. 모든 각진 것은 날카로운 무기다. 누가 말했다. 운전 중에 교통경찰을 보면 겁이 난다고 했다. 교통위반과는 관계없이 교통경찰은 겁의 대상이라고 했다.

집안에서 사고를 거듭 치는 나는 아내가 점찍은 요관심 인물이다. 주전자를 태우고 냄비를 태운다. 가스 불에 주전자를 올린 다음 컴퓨터 앞에 절대 앉지 말라는 아내의 옐로카드는 내 귀에 경 읽기였다. 아내가 아끼는 냄비를 새까맣게 태운 날도 컴퓨터 앞에 앉아 있었다.

뭘 믿고 밖에 보낼 수 있겠느냐고 아내는 눈을 흘긴다. 오른 편 왼 편을 잘 보고 길을 건너라고 아이에게 타이르듯 한다. 그 소리에 못이 박힌 나는 아파트 안의 길을 건너가는데 한번은 경주용 차량처럼 쌩 달려오던 날쌘 차가 내 앞을 쏜살같이 스쳐 지나갔다. 오른 편 왼편을 살피긴 했지만 무법자나 다름없는 경주용 차량에게 오른편 왼편은 어쩌면 따분한 주의사항이다.

목욕탕에 들앉아 있을 동안만은 집 전화기 또한 따분한 고물이다. 고물 속에 사는 나 또한 영락없는 고물이다. 아날로그에서 디지털로 숨 가쁘게 달리는 세상인데 나는 아날로그도 훨씬 그 이전 세상에서 꾸물거리고 있지 않는가. 굼벵이도 꾸물거린다고 했던가. 덩달아 나도 꾸물거린다.

누가 '느림의 미학'이라는 말을 했다. 깊은 뜻은 그만 두고 그 말이 좋아 느리게나마 그 미학을 내 마음에 심어 가꾸기로 한다.

수필에 등을 기대며

금방 지나간 사람의 길을 따라 누가 또 지나간다. 어린 아기를 안은 젊은 부부, 손가방을 가볍게 어깨에 멘 중년 부인도 지나간다. 지팡이를 짚고 지나가는 노인은 이따금 우두커니 걸음을 멈춘다. 길가에 앉아 나는 티브이 화면 같은 거리의 움직임에 눈을 판다.

지나가는 사람은 방금 이 길목에서 저 길목으로 사라진다. 아무 쓸모도 없이 길섶에 주저앉은 사람은 나 말고는 전혀 없어 보인다. 저쪽으로 간 사람이 다시 이쪽으로 오는 것 같은 얼굴도 어쩌다 있다. 지나가는 사람은 지나가야 한다. 그들의 종착지가 어딘지 그건 내 관심사가 아니다. 지나가는 사람은 한 사람 앞이거나 여러 사람 앞이다. 아니 한 사람 뒤 여러 사람 뒤일 수도 있다. 그렇게 앞서거니 뒤서거니 지나간다. 어떤 사람은 종종걸음이다. 서두는 걸음걸이 뒤에 또 누군가 수건으로 땀을 훔치며 느리게 지나간다. 완급이라는 말을 나는 생각한다. 다시 이쪽으로 돌아오는 촐랑이 같은 사람은 어디에 급한 볼일이라도 놓친

기색이다. 자동차는 보이지 않는다. 아마 자동차 통행금지 구역인 것 같다. 그것은 어쩌면 도시의 낯선 표정이다.

다양성이라고 할까. 지나가는 사람의 옷차림은 백인백색이다. 검은 양복바지를 입은 사람의 남방샤쓰는 색깔이 다르거나 무늬가 다르다. 같은 색깔과 무늬라면 제복을 연상할 수 있겠는데 이 거리의 사람들은 제복과는 인연이 먼 차림새다. 그런 걸 두고 혹 개성이니 개성시대니 하는 것 같지만 그런 의미에 굳이 매달리지 않는다. 속옷인지 겉옷인지 구별이 되지 않는 핫팬츠는 탄탄한 허벅지를 통째 드러낸 거침없는 걸음걸이다. 쇼윈도에 걸린 마네킹을 힐끗거리기도 한다. 그걸 탐내느라 그런 것 같지는 않다. 쇼윈도에 걸려 있는 걸 그냥 보고 아, 나도 가슴팍을 더 과감하게 드러냈으면 하는 생각인지도 혹 모른다. 이 옷이면 발랄하겠구나 하고 상큼하게 걸쳤을 그대로 또박또박 하이힐소리가 경쾌하다.

한번은 산길에서 개미군단의 대이동을 보고 있었다. 긴 개미떼의 이동행렬이지만 하나같이 새까만 놈들이다. 개미는 흑색의 단순미와 통일성을 고집하는지 모른다. 그런데 이상한 것은 역방향으로 이동하는 개미떼도 있다. 사람이든 개미든 모두 한 방향으로만 가는 것은 물론 아니다. 오고 가는 방향이 따로따로 있어서 오늘은 직장으로 내일은 어디 그럴싸한 볼거리 먹을거리 정보를 입수한다. 그런 걸

보면 개인과 단체, 가정과 사회라는 정보가 스마트폰 속에도 꼼꼼하게 살아있다는 것이 얼마나 편리하고 아름다운 세상살이인지 모른다.

지나가는 사람들을 보는 나는 어쩌면 나 스스로를 보는 일이다. 지나가는 사람들이 거울이다. 사람들의 이런저런 움직임이 내가 거리를 지나갈 때의 몸짓이라면 어떨까. 저 사람은 허리가 구부정하다. 저 사람은 머리를 숙이고 걷는다. 내가 무엇을 생각할 때 아마 저런 걸음이지 싶다. 하지만 그런 것에 신경 쓰지 않기로 한다. 나는 다만 이쪽으로 혹은 저쪽으로 오고 가는 사람만 눈에 띄는 대로 그냥 볼 뿐이다. 말할 나위도 없이 이런 경우 사람이 구경거리다. 산다는 것은 피차 그렇고 그런 구경거리를 서로가 서로에게 보여주는 셈이겠다. 뻔한 일이지만 사람은 사람 구경을 하면서 사람 속에서 산다. 티브이에서 인기를 끈다는 드라마라는 것도 알고 보면 사람이 이런저런 사람 사는 모습을 좀 색다르게 칠을 하여 보여주는 셈이다. 산중 깊이 들앉아 세상의 흐름을 잊고 사는 사람도 어쩌다 있긴 하지만.

그런데 딱하게도 내 시야는 움직임을 모르는 딱딱한 각본구성이 못에 걸린 따분한 부동자세다. 거리 저편의 지붕과 그 지붕 너머로 지나가고 있을 사람은 미처 생각하지 못하는 외통수다. 어제 서늘하다고 본 가로수 그늘은 오늘 또 그대로 서늘하다. 어제 먹은 냉면이며 팥빙수를 토씨 하나

틀리지 아니하고 고스란히 복사한다. 반갑지도 않는 기억력은 어찌 그리도 똑똑한지, 입으로는 참신하게 보고 느끼자는 말을 되풀이하는데 머리에 박힌 관습은 어제나 오늘이나 조금도 변화를 갖지 못하는 그게 그것인 완고한 고집불통이다. 참신성이니 뭐네 하면서 호들갑을 떨었던 나는 입 따로 생각 따로 노는 낡을 대로 팍 낡아버린 고물딱지 아닌가.

상식적이며 관습적인 면을 떨치지 못하고 옹호하는 보수주의 변두리에서 한 걸음도 벗어날 엄두를 내지 못한다. 생각을 파괴하는 능력이 부족한 탓일까. 마음으로는 간절하게 포즈를 바꾸고 싶다. 그런데 지킴이처럼 들앉은 보수파가 그걸 마다고 손사래를 치는 낌새가 있다. 내 안의 진보파는 말만 떠들썩할 뿐 실천력이라고는 눈을 씻고 보아도 보이지 않는다. 어쩔 수 없이 보수파에 길들어 오늘도 어제 같은 떠벌림만 되풀이 늘어놓는 그냥 그런 모양새를 즐기며 놀아나려 한다. 무사안일주의자 같은 틀에서 벗어나고자 기를 쓰는데 마음만 그럴 뿐 추진력이란 것에 기름을 치지 못하고 바람 빠진 바퀴처럼 헐렁거린다.

상상력이란 것이 터무니없이 부족한 탓이랄까. 깊은 생각의 눈으로 보고 다양하게 느껴야 하는데 그러지 못하고 보이는 대로만 보고 마, 됐다 한다. 가령 돌이면 돌, 꽃이면 꽃 그대로 보면서 돌을 보았다느니 꽃을 보았다느니 가볍게 지나친다. 돌 주면의 돌이 침묵으로 일관하는 소리, 돌 속에 은밀한 어떤 폭발력을 전혀 의식하지 못하고 듣지 못한다. 꽃에 매달려 화분을 몸에 저장하는 벌의 날갯짓소리를 듣지 못한다. 하기에 거리를 지나가는 사람은 그냥 지나간다는 되풀이로 만족하는 겉핥기놀이나 즐기며 만족하는 셈이다.

어떤 사람은 과감하게 보수를 박차고 앞으로 나간다. 그런 용기에 힘입어 뒤따르고 싶다. 그러나 생각의 순발력이란 것이 말을 들어주지 않는다. 너 자신을 알라고 타이르는 소리에 귀를 기울이다가 소리의 덫에 걸려 그만 슬그머니 주저앉는다. 그런데 가만히 돌아보니 내가 갈 길이 따로 있을 것 같다는 어렴풋한 지각에 고개를 갸웃거린다. 그 길이 안개 속처럼 어슴푸레 떠오르는 듯 아쉽게도 다시 스러진다.

어떤 사람은 편안한 길이 마음에 부담이 없다고 한다. 새 길만한 언표다. 그런 처지에 나는 왜 허둥지둥 방향을 찾지 못하는가. 진보는 나에게 허욕이라며 나를 아서라 손사래를 친다. 허욕은 사람을 망가트리는 길이라는 것을 안다. 망가진다는 생각에 은근히 끌려든다. 그러면 아주 망가져서 저 밑바닥 어디로 감감하게 추락할 것만 같다. 누구는 일어서고자 추락한다고 했다. 내가 그 지경이라면 그나마 시도해볼만한 장사다. 망가지고 일어서자고 속말로 은근히 주문을 건다. 망가진다 일어선다, 다시 망가진다 다시 새롭게 일어선다고.

주위를 둘러보니 나만 천편일률이 아닌 것 같아 어떤 위안이 되기는 한다. 그런데 달달 글을 읽듯 말하는 입만 다를 뿐 뻔한 이야기를 복사하듯 부지런히 써먹고 있다는 것에 짜증이 난다. 아버지 날 낳으시고 어머니 날 기루시고. 바다는 넓고 하늘은 높다고 천자문 외듯이 달콤하게 말을 달달 끌어나간다. 이런 공동체에 끼어들면 우선 마음 편하다. 입담이 좋은 사람은 별 것도 아닌 내용을 그럴싸하게 포장하는 기술에 손이 야무지다. 그 능력에 홀려 귀를 기울이는데 어쩌다 보니 포장만 그럴싸하다. 그 또한 식상하다고 나는 그만 흥미를 잃고 다시 외톨이가 된다. 글이든 이야기든 그 속에는 세상을 참신하게 보고 느낀 무엇이 한 가닥쯤이라도 내포되어야겠다. 세계의 내면을 따로 보는 좀 엉뚱한 시선과 놀아야겠다.

사람을 구경하는 눈에 사람은 이런저런 변화 속의 풍경이다. 풍경사진을 보아도 사람이 보이지 않는 풍경은 밋밋했다. 어디 나들이를 가서 경치를 구경할 때 역시 사람이 들끓어야 구경하는 맛이 난다. 무엇을 구경한다는 것은 그 풍경 속에 사람을 끼워서 보아야 풍경의 변화에 흥이 돋는 것 같다. 사람이 벅신거린다며 투덜대던 시장에서도 가령 나 혼자 장바닥을 돌아다닌다고 생각해 보라. 허전할 것은 당연하다. 시장에 나온 사람들과 이따금 어깨를 부딪치면서 걷는 길목에서 삶의 활력을 느낀다. 만약 나 혼자라면 그런 흥겨움은 생각조차 할 수 없을 것은 당연하다. 사람은 사람끼리 서로 부딪치며 어울려야 비로소 맛이며 활력이 넘친다. 어깨에 별을 단 장군도 휘하에 병졸이 줄줄 뒤따라야 비로소 장군이다.

거리에서 사람을 구경하는 나는 지나가는 사람에게 그다지 볼 것도 없는 구경거리 아니겠나. 그렇다면 좀 착실한 구경거리여야겠는데 나를 구경하던 사람들이 에라, 볼 것 없다며 그냥 돌아설 것은 뻔하다. 이런 때는 머리에 풍각쟁이 벙거지라도 쓰면 어떨까. 지나가던 사람이 비로소 구경거리 하나 생겼다며 허수아비 같은 나를 삥 둘러쌀 것이다.

아니나 다를까 갑자기 놀아나는 광대가 된 스스로를 본다. 이 또한 어쩌다 해볼 만한 각설이노릇이지 싶다. 서툰 그대로 놀이 하나쯤은 놀 줄 알아야겠다는 생각에 끌린다. 하지만 세상 물정에 어두운 나는 갑작스런 작년에 왔던 각설이 타령이 낯간지럽다.

그 때다. 지금 머하고 있노, 나를 핀잔하는 소리의 환청에 잠깐 놀란다. 빨간 딱지가 사방 벽을 떡칠하는 느낌에 찬다. 이런 때는 비겁하지만 삼십육계 놓을 구멍을 찾아 두리번거린다. 따분하지만 그렇다. 그냥 때려치우자는 소리가 각설이타령 목소리에서 턱턱 숨찬 악을 쓴다. 어짜노. 갑자기 판단력이 흐려진다.

서툴게 시작한 각설이 타령 고삐를 확 풀어버리면 차라리 편하지 않겠는가. 스스로에게 무책임하고 비겁한 노릇이다. 따지고 보면 순수가 아닌 허명에 놀아난 처신머리 아니었나. 무안하고 서글픈 노릇이다.

그런데 좀 생각해 보기로 한다. 팔자소관이랍시고 어차피 벌여놓은 난장장사 아닌가. 되고 아니 되고는 전혀 염두에 두지 않기로 한다. 이런 때는 과감하게 생각으로만 안달하던 진보파 속으로 끼어들 궁리를 한다. 신발 끈을 다부지게 조여 맨다.

안개 속 같지만 내 안의 진보파가 무슨 말로 조근조근 타이르는 느낌에 찬다.

수필은 선비문학인가

선비란 말은 다소 고전적이다. 조선시대에나 있음직한 말투라는 느낌이 드는 건 그릇된 나만의 생각인지 모른다. 『새우리말 큰사전』(신기철/신용철 편저/삼성출판사)은 선비를 다음과 같이 풀이하고 있다.

(1)학식은 있으나 벼슬을 하지 않는 사람.

(2)학문을 닦는 사람.

여기에 한 줄 더 곁들인다면 맑은 공기, 맑은 물, 맑은 마음으로 그 실천에 앞서는 자가 사회를 참신하게 하는 선비의 얼굴 아니겠는가.

벼슬이란 관계에 나가 일하는 사람을 일컫는다. 함으로 조선선비는 오로지 학문의 길에서 학문을 닦는 일에만 열중하는 계층이다. 세상사에는 마음을 두지 않으나 많은 지식이 있어 세간의 존경을 받는 사람이겠다.

지식이란 베풀고 이를 실천해야 참다운 지식이며 지식인이다. 조선선비들이 초야에 묻혀 그가 갖는 지식을 베푼 마음의 바탕에는 보다 밝은 세상, 보다 향상된 세상을 위함

이었다. 지식만이 아니다. 그 인품에서 고매한 향기를 느
낄 수 있어 세간의 우러름을 받았다.

수필은 선비의 문학이라는 말을 어쩌다 읽고 듣는다. 선
비는 젊잖다. 선비는 학덕이 높다. 이를 아무 여과장치 없
이 그대로 받아들일 때 수필은 도덕교과서나 다름없는 문
학으로 일컬어지기 쉽다. 수필에는 그 작가의 품격이 드러
난다고 수필이 말한다. 수필에는 그 작가의 관조미觀照美가
나타난다고 수필이 말한다. 하기에 수필은 인품과 고리를
잇는다. 세계를 보고 듣고 느끼는 일과도 자연스런 고리를
갖는다. 이렇게 보면 수필은 아무나 섣불리 발 들여놓을 수
없는 조심스런 분야라는 느낌마저 든다.

품격을 위해선 무엇을 할 것인가를 먼저 알아야겠다. 관
조미의 도야를 위해선 무엇을 어떻게 한다는 기본을 또 알
아야겠다. 이렇게 수필이 미리 일침을 가하는 것이라면 수
필은 다소 엄격한 정신주의자의 문학이라는 지적을 받기
쉽다. 수필을 위해선 먼저 교양/수양이라는 덕목이 앞선다
고 보겠다. 수양은 도덕이며 교양을 갖추어나가는 일이다.
수필이 만약 품격을 갖추어야 하는 인품의 문학이라면 누
구나 함부로 접근하기 어려운 분야임을 알겠다. 그런데 모
든 문학/학문은 말할 나위도 없이 교양이며 인품을 바탕으
로 삼지 않겠는가. 수필만이 그렇다고 뜻을 매긴다면 수필
은 교양이며 도덕을 근본으로 여기는 도덕주의자, 교양주

의자의 문학으로 일방적인 취급을 받아 경원시될 수 밖에 없다. 그런데 수필은 누구나 발 들여놓을 수 있는 누구나의 문학이다. 수필만이 교양/인품을 따로 떼어놓고 들춘다면 수필은 고리타분한 울타리에 갇힌 융통성이 전혀 없는 문학으로 따돌리기 쉽다.

수필을 과학적이며 논리적인 체계에 옭아맨다면 이 또한 따분한 논리이며 말놀이이다. 수필은 인문과학 분야일 따름 자연과학 분야로 다룰 수 없는 속성을 갖는다. 자연과학은 논증을 통한 실증을 요구한다. 하지만 수필작품에서는 그와 같은 논증 자체가 수필을 부실하게 하는 위험한 발상이다. 자연과학적인 논증을 일삼을 때 수필은 문학이 아닌 논리 반듯한 논술 형식의 글로 여기는 일에 지나지 않게 된다. 문학으로서의 언어미학을 저버릴 수 없는 것이 수필의 한 덕목이다.

그렇다고 논리성을 배제하자는 말은 전혀 아니다. 수필에는 인문과학으로서의 논리가 따르기 마련이다. 가령 '바람의 꼬리'라는 표현을 한다면 본 대로 느낀 대로 쓰는 수필에서 지탄받을 일이다. 하지만 수필가의 눈은 보이지 않는 바람을 본다. 물활론은 이를 말한다고 하겠다. 생각나는 대로라는 말 속에는 보이지 않는 바람을 보는 눈이 있다. 이를 허술히 여길 때 수필은 맥없는 흔해빠진 사담私談으로 끝나게 된다. 흔히 말하는 마음의 눈, 마음의 귀는 수필문학에서 저버릴 수 없는 수법이 됨은 물론이다.

수필은 창의성이 있는 개성을 바탕으로 삼는 문학임은 누구나 다 아는 사실이다. 개성적이라 함은 그 수필가만이 지니는 문학의 길이며 향기이다. 이것을 마다하고 실증적인 것, 과학적 논리에 합당한 것으로 여긴다면 수필은 말할 나위도 없이 과학적 공식 아래 한유하는 노릇에 지나지 않게 된다. 하기에 수필의 건전한 생명을 꾀하고자 하는 수필가는 그가 정립한 그의 수필적진실의 영토를 확장하고 지키려는 견고한 정신의 국면을 새롭게 축조한다. 그 주인공이 되는 영광을 수필가는 차지한다. 수필가는 세계를 참신하게 보는 길을 갈고 닦는 노력을 한다. 하기에 수필은 극히 개성이 짙은 문학임을 부인하지 못한다.

수필 속에는 충격이라는 주파수가 있다. 이 주파수를 모르고 수필을 한다는 것이 아쉬운 일이란 뉘우침을 갖는다. 이 아쉬움에서 벗어나고자 수필을 한다며 말을 얼버무린다.

제주시의 식물원 입구에 제법 큰 바위 하나가 있다. 그 바위는 태초에 나무였다는 설명이 곁들어 있다. 나무의 통증이 굳어서 바위가 되었다. 통증이 사라지는 어느 날 바위는 다시 나무로 돌아가는 새로운 통증을 겪게 될 것이다. 함으로 통증은 새로워지려는 디포르마숑deformation의 환희며 그 전율이다.

수필에 따르는 통증을 나무→바위→나무에서 읽을 수 있

는 일은 수필문학의 진수를 찾으려는 수필가의 노력임을 알 수 있다. 세계의 알맹이를 알고자 세계의 내부를 드러낸다. 깨트려 부수고 다시 꿰맞추는 노력에 따라 세계는 가슴을 풀어 참다운 면모를 보여준다. 겉핥기가 아닌 내면천착이 수필의 맛을 더욱 웅숭깊게 한다는 것은 비단 수필문학만이 아니다.

수필은 피를 흘린다. 이런 치열한 정신세계 안에서 이상향이나 다름없는 선비니 품격이니 하고 팔짱 끼고 느긋하게 지낼 수는 없다. 하기에 수필정신에는 세계를 향한 치열한 탐구정신 같은 것이 요구된다고 하겠다. 야수파의 어떤 그림은 관람자를 전율케 한다. 전율은 또 다른 그림의 밑거름이 된다. 수필 또한 때로는 야수파임을 깨닫는다. 틀을 깨트리고 새로운 틀짜기를 마다하지 않는 수필정신이 요구된다고 하겠다.

읽기 편한 재미있는 문학이라는 말은 걸맞지 않다. 더구나 담담하게 읽히고 감성이 어쩌고 하는 고전적인 독서는 더 이상 바람직스런 언사는 아닐 것이다. 왜냐하면 수필은 골패놀이도 아니고 노변한담도 아닌 활활 불타오르는 정신의 불꽃이기 때문이다.

그러나 완급이라는 말에 시동이 걸리게 된다. 열중쉬어는 그런 점 새로운 길을 위한 리크리에이션recreation이다. 더욱 강력한 힘을 충전하는 길의 바탕이다. 마냥 긴장할 수는 없다. 굳은 긴장 속에는 마음의 문이 닫혀 생각의 씨앗이란 것이 말라버리기 쉽다.

그러나 수필의 길은 때로는 가팔라 숨을 헐떡거리게 한다. 때로는 구절양장이고 때로는 레가토와 스타카토로 영그는 아악의 절창이다. 그 속에 웅장한 폭포가 쏟아지고 그 속에 아늑한 늪이 구름을 둥둥 띄운다. 함으로 수필은 잔잔한 제자리걸음으로 만족하려 하지 않는 전진前進에 전진이라는 이름을 건다.

안주하지 않는 마당에 수필은 자란다. 시멘트 보판을 뚫고 치솟는 풀의 저돌성은 살아남고자 하는 치열한 생명력의 바탕이다. 수필은 때로 느긋할 수 있다. 하지만 그 느긋함은 빠듯함을 찾아가는 길목의 소박한 풀꽃에 비유할 수 있겠다.

선비는 곧잘 앞뒤를 돌아보고 처신한다. 그 신중한 태도는 결코 과격하지 않으나 옳고 그름을 가려 도道에 어긋나지 않으려 한다. 하지만 그런 처세는 자칫 현실도피라는 따가운 화살을 맞기 쉽다. 전원에 묻혀 음풍농월하는 삶은 자연을 노래하는 한가한 정신으로 귀결되었다. 수필이 이를 닮으려 하는 것은 다시 생각해 보아야 한다.

오늘의 수필은 단순한 과거회상만이 아닌 미래지향의 정신주의라야만 산다. 미래로 향한 법고창신法古創新일 때 수필은 시대정신을 앞서가는 문학으로서의 위상에 좋은 길라

잡이가 된다. 뿐만 아니다. 수필은 탐구 탐색을 일삼는 문학이다. 수필가 김병규는 한갓 먼지에서 세계의 아름다움을 읽고 깨닫는다.

수필가의 정신세계는 오늘의 감성 오늘의 지성으로 끓는 도가니다. 세계의 표정을 이끌어가는 어기찬 개척정신주의자다.

수필이 언어예술로 보다 크게 앞서기 위해서는 확고한 수필문학정신으로 거듭날 일이다. 함으로 수필은 어제 이야기를 있었던 그대로 복사하지 않는다. 수필은 창의성이 강한 문학이기 때문이다. 단순한 회고가 아닌 보다 속 깊은 회고로 수필의 참 값에 이바지하는 것이 수필문학을 알차게 하는 참다운 길이 될 것이다.

사담私談을 위주로 하는 수필이 있는가 하면 사색/관조를 위주로 하는 수필이 있다. 어느 쪽이든 세계를 어떻게 참신하고 낯설게 나타내느냐 하는 것이 수필의 몫이 되고 아니 되고를 점 찍는다고 보겠다.

참신한 관조/사색이 글의 맥락을 낯설고 신선하게 이어가는 수필이 되겠다. 세계를 보다 깊이 헤아리고 그 깊이에서 드러내는 국면을 지닐 때 수필은 살아 있는 문학의 값을 한다. 인간과 사물에 깊은 애정을 갖는 따뜻한 정신, 그것이 곧 수필정신이며 선비정신으로서의 문학이다.

수필적 상상력

　수필은 육안에 뜨는 것을 있는 그대로 쓰기를 마다한다. 듣고 본 그대로 쓰는 행위는 수필가의 적극적인 문학정신이라고 보기 어렵다. 세계를 보다 다양하고 깊이 있는 내부천착을 시도함으로써 의미 있는 수필로 어우러진다.

　세계에 대한 참신한 해석, 감각적인 시각/지각은 수필을 보다 웅숭깊게 드러내는 맛깔스런 길이 된다. 그러나 세계의 모습을 있는 그대로 베끼는 행위는 소박하고 안이한 생각의 필사물에 지나지 않는다. 그 결과 자칫 천편일률이라는 지탄을 받기 쉽다. 그 이유는 세계에 대한 복사/표절행위에서 비롯된다고 보아 가히 어긋난 말은 아닐 것이다. 하기에 수필가는 대상의 내면을 들여다보고 그 속의 세계를 수필가의 몫으로 끌어내고 재구성할 수 있어야 보다 깊이 있는 글맛이 될 것이다.

　함으로 수필을 예술로서, 문학으로서의 기치를 들고자 하면 당연히 상상력이란 측면에서 다루어야 하겠다. 따라서 수필가는 수필을 위한 상상/상상력의 세계와 함께 함으로써 비로소 떳떳한 문학의 반열에 설 수 있다.

흔히 말하길 수필은 '진솔' '붓 가는 대로'다. 이 말을 아무런 여과장치도 없이 그대로 받아들이는 까닭에 수필은 눈에 띄는 대로 귀에 들리는 대로 설명하는 장르로 전락하기 알맞다. 하기에 수필은 문학의 변방에 서성거리며 당당한 깃발을 들지 못하는 따분한 처지로 따돌림을 받을 수 있다. 진솔하다는 언술은 보다 깊이 있게 받아들여야 함에도 눈에 띄거나 귀에 들리는 겉핥기만으로 수용하는 경향이 있기 마련이다. 어떻게 보고 듣고 느끼느냐가 요점이다. 바위를 눈으로 뚫어 보라. 그 속에 꽃이 드러나고 산맥과 그 산맥 사이로 계곡이 흐른다. 계곡 아래 어디서 피리를 부는 소리도 들린다. 피상적으로 보고 듣는 안이한 눈으로는 보이지 않는 것이 심안에 드러난다. 이것이 이른바 본대로 느낀대로이다.

함으로 진솔하게 쓴다는 말의 속내를 보다 깊이 음미해야겠다. 붓 가는 대로라는 언급 또한 마음의 움직임을 따른다는 속 깊은 뜻임을 깨달아야겠다. 마음이 어떻게 움직이느냐 하는 것은 수필가 스스로가 갖는 이성, 지성 그리고 감각적인 상상력에 따르는 문제이기도 하다. 그런 측면에서 수필가는 마음을 여는 수신수필修身隨筆의 자리에 놓인 자임을 깊이 자각하게 된다.

세계를 받아들이는 마음의 그릇은 비어 있되 그냥 빈 것은 아니다. 그릇의 바닥에 깔린 지성과 감성이라는 여과장치 같은 구조는 보고 듣는 것을 다시 참신하게 직조하는 기능을 갖는 변용인 그릇이다. 이 기능이 심오하고 지혜로울수록 수필의 질을 결정하는 중요한 요인이 된다고 하겠다. 그 기능이란 상상하는 힘, 즉 상상력이다. 자연주의자인 H.D 소로우는 상상력을 해치지 않을 정도로 단순하고 깨끗하게 식사를 장만하여 요리하기는 어렵다. 그러나 육체에 음식을 제공할 때는 상상력에도 음식을 제공해야할 것으로 생각한다고 『숲속의 생활』에서 언급한다. 그런가 하면 유협劉勰은, 상상력의 작용은 미묘한 것이어서 인간의 정신과 외적사상外的事象과의 상호작용에서 만나게 된다. 정신이 도사리고 있는 흉중의 관건을 장악하는 것이 의지라면, 외적사상이 이목에 촉발할 때 가장 긴요한 역할을 하는 것은 언어다. 언어가 그 기능을 다하면 외적사상이 숨김없이 드러나고, 의지의 관건이 잠겨버리면 정신은 흉중에서 숨어버린다(「상상력의 도야」)고 『문심조룡』에서 말한다.

　　어둠은 본디 삼키지 않는 것이 없는 것이다. 어둠의 포용력
　　은 무한대인 까닭이다. 그것이 팔을 벌리면 삼라만상이 그 속
　　에 들어가 고요해진다. 그리하여 공간은 어둠 속에서 숨을 죽
　　인다. 그 때 공간은 태고적의 침묵 속으로 되돌아가려고 한다.
　　　　　　　　　　－「어둠의 유혹」 부분 『목탄으로 그린 인생론』
　　　　　　　　　　　　　　1982년 문학세계사/김병규.

허수아비는 언뜻 조(弔)란 글자로 탈바꿈하면서 삐딱하게 서 있었다. 그것은 조문(弔問)하는 것처럼 보였다. 억지의 탈을 쓰고 허우적거리는 인간의 허위의식에 대한 조의(弔意)가 담겨져 있었다.

– 「허수아비」 부분. 상동.

인용한 부분에서 무엇이 상상력인가를 찾아내는 일이 상상력의 구실을 아는 길이 되겠다. 수필가는 누구든 이런 상상력을 작품에서 활용하면서 막상 그것이 상상력인지 아닌지를 미처 생각하지 않으려 한다. 그걸 깨닫지 못하고 넘어가는 경우가 허다하다고 보겠다. 보고 느낀대로는 어떤 점 상상력의 다른 이름이라 하겠다. '어둠은 삼키지 않는 것이 없다' '팔을 벌리면 삼라만상이 그 속에 들어가 고요해진다' '공간은 태고적의 침묵' '조(弔)라는 글자'등, 이 모두는 상상력에 의한 은유와 환유의 몫이겠다. 하기에 상상력은 언어를 보다 깊이 있고 참신하게 다루는 다각적인 정신적 이미지의 틀이 된다. 그럼에도 수필은 이미지가 아니라고 하는 시각도 있는 것 같다. 문장 하나하나는 이런저런 이미지로 구축되는 언어건축임을 깨달을 때 수필문학의 문장에 얽히는 구절은 당연히 참신한 시각 청각 등 감각적/비유적이미지라는 재료로 구성된다는 점을 짐작할 수 있다.

오월은 금방 찬물로 세수를 한 스물한 살 청신한 얼굴이다.

하얀 손가락에 끼어 있는 비취 가락지다.

오월은 앵두와 어린 딸기의 달이요, 오월은 모란의 달이다.

그리고 오월은 무엇보다도 신록의 달이다. 전나무의 바늘잎
도 연한 살결같이 보드랍다.

– 「오월」 부분. 『인연』 1996년. 샘터사/피천득.

오월을 보는 참신하고 낯설어 보이는 상상력은 '찬물로
세수를 한 스물한 살 청신한 얼굴…전나무의 바늘잎도 연
한 살결같이 보드'라운 감각적이미지로 나타난다. 굳이 따
로 말할 것 까지는 아니지만 흔히 말하는 낯설게 하기의 수
법이 자연스럽게 나타난 구절임을 말하지 않을 수 없다. 과
학적인 논리적인 눈으로 보면 오월은 푸름이 무르익기 시
작하는 계절, 4월과 6월 사이의 계절, 청춘의 계절 등의 상
투적인 수사가 따를 것이다. 그런데 상상력은 동일한 대상
을 두고서도 각자가 다 다른 시각으로 보고 느끼는 역할을
하기 때문에 개성 있는 문학으로서의 값어치를 하기에 알
맞다.

그러면 왜 하필이면 수필적상상력인가. 시적상상력이란
말은 흔히 눈에 띄고 귀에 들리지만 수필적상상력이란 어
휘는 조심스러워 한다. 그 차이란 무엇인가. 시와 수필의
진술형식/기법이 다르듯 상상력 또한 시의 경우와 수필의

경우는 다르게 받아들일 수 있다. 수필은 기존의 세계를 다른 지각적/감각적인 세계로 변환시키는 표현물이다. 하기에 상상력이라는 장치는 기존의 세계를 또 다른 낯선 세계로 구성하려는 역할에 기여하게 된다. 이미 있는 세계를 그와 유사한 다른 세계로 유인하여 보다 참신한 낯선 세계를 보자는 기법이다. 이미 있었던 세계의 빛깔은 그저 그러한 것이다. 이를 낯설게 변형하고 참신하게 나타내고자 하는 수필가의 노력에 의하여 세계는 다양하고 새로워진다. 거듭 말하지만 수필은 기존의 세계를 버리고 또 다른 세계를 창출하여 기존의 세계를 낯설게 보고자 재건축하는 수법이며 그 결과물이다. 그런 노력에 의해서 수필은 세계를 복사하는 문학이 아닌 창작문학으로 자리매김 될 수 있다. '단순한 문인화 같은 수필에 우리는 만족할 수 없다'고 김병규는 「에스프리의 섬광」에서 역설한다. 수필가는 그 언급에 마땅히 귀를 기울려야 할 것이다.

감성만의 수필은 흐물흐물해진다. 마찬가지로 지성만의 수필은 딱딱해진다. 하기에 알베레스[R.M Alberes]는 지성과 감성의 조화라는 언급으로 수필의 성격을 다루었다. 자연과학이 아닌 수필은 터무니없는 진술, 어리둥절한 진술이 문장과 문장 사이, 단락과 단락 사이에 삽화처럼 끼어들어야 보다 심도 깊은 수필의 맛에 값할 수 있을 것이다. 하기에 수필은 엄숙한 정직/진실주의와는 그 격을 달리한다.

나뭇잎에 앉은 벌레는 나뭇잎이 흔들릴 때 그네를 타는 즐거움으로 나뭇잎에 앉는다며 슬쩍 능청을 떤다.

가령 검정색을 여과기로 걸러낸다고 치자. 그러면 그 속에서 파랑 빨강 노랑은 물론 잿빛이며 흰색 또한 얼굴을 내민다. 그 많은 색깔들이 검정색이라는 상자에 갇혀 검정색 노릇을 하고 있었을 뿐이다. 그런 점 검정색은 아무 색이거나 집어 삼키는 잡식가이다. 하기에 검정색 속은 종합미학이나 다름없는 소용돌로 웅성거리고 있을 것이다.

수필가는 그 웅성거림에서 그가 바라는 수필의 색깔을 찾으려 한다. 어떤 색은 밝다. 어떤 색은 어두침침하다. 밝고 어두침침한 갈래에서 수필의 결을 찾으려는 수필가의 노력은 다양한 그만의 색을 도출하고자 검색기 노릇을 마다하지 않는다. 그 길에서 수필의 진면목을 구하려 한다. 이 또한 수필의 격을 높이려는 당차고 빠듯한 수필정신이라 하겠다.

나뭇가지가 슬쩍 가지를 치켜들어 바람의 길을 터주는 것처럼 수필가는 바람의 길을 보고 그 길에서 바람과 논다. 이것은 극히 자연스런 수필적 정신이며 그 발상이다. 어찌 보이는 것만을 본다고 할 것인가. 어찌 들리는 것만을 들린다고 할 것인가. 보이지 않는 것을 보고 들리지 않는 것을 듣는 자가 수필가이다. 그런 밝은 눈과 귀를 갖는 수필가는 꽃이 피는 소리를 듣고 꽃망울 속에 잠긴 꿈속 같은 동화를 찾아 그린다.

과학적 진이 아닌 수필적 진에 의해서 수필은 비로소 참다운 면모를 드러낸다는 것은 누구나 다 아는 상식이다. 그 상식의 구체화에 따라서 수필은 더욱 살가운 맛과 빛을 발휘한다. 소재주의가 아닌 수필미학은 다음과 같은 언술에서도 수필에의 길을 파악할 수 있다.

> 먼지의 미학美學. 먼지가 주는 의미가 나를 괴롭힌 나머지 지난 한 달 동안 뻔질나게 경주를 드나들면서 그래도 먼지의 깊은 뜻을 안겨준 것은 겨우 첨성대가 아닌가 하고 생각하게 되었다. 차를 달리면서 보아도 첨성대는 정말 아름다웠다. 언제 보아도 아름다웠다.
>
> 거긴 그대로 역사가 머무르고 있어 보였다. 적어도 거기에서만은 신라의 옛사람들이 금시라도 나타날 것 같았다. 그 이외의 것은 너무나 큰 변모 때문에 알아보지 못할 것
>
> ─ 「역사의 먼지」 부분. 『목탄으로 그린 인생론』
> 1982년 문학세계사/김병규.

먼지는 김병규 수필가에 있어서 그가 도달하고자 하는 수필적상상력의 광막한 영토다. 하찮은 먼지를 대상으로 수필을 한다는 것은 과학적 진이 아닌 수필적 진에 의한 지성과 감성의 사물보기이며 그 관조임을 더불어 절감할 수 있다. 하기에 '한 달 동안 뻔질나게 경주를 드나'들며 길을 찾는 노력을 아끼지 않는다. 그것은 먼지로 더욱 빛나는 첨

성대의 아름다움을 마음 깊이 각인하려는 치열한 수필정신이다. 그 정신은 수필의 보다 값진 보석을 위한 도저한 노력의 소산이다. 먼지가 수필로 뜸이 드는 과정을 보고 듣는 일은 말할 나위도 없이 관조자인 수필가의 오롯한 정신이며 그 희열이다.

딴전을 좀 부릴까도 싶다. 예를 들어 수학이 있어 우주로 통하는 길이 보인다고 말하고 싶다. 당연한 발상이지만 수필이 있어 나뭇잎 틈새로 지나가는 바람의 길이 환하다. 가장 낮은 것, 가장 가까운 것, 가장 볼품없는 것에서도 수필의 길을 찾아 나갈 수 있다는 의미를 개척정신을 갖는 수필가는 안다. 그런 점 수필적상상력은 수필로 푸는 수학이다.

오늘은 오늘, 내일은 내일이라는 바람이 지나간다. 수필가는 오늘을 익히고 내일과 또 그 내일의 미래진행형의 바람결을 익힌다. 그 속에 높고 멀리 날아가는 속 깊은 이미지비행으로 또 다른 미지의 영역을 안다. 그걸 탐구하고자 수필가는 애오라지 수필에 매달린다.

어제 슨 곰팡이

지금 읽는 이 수필은 어제 쓴 것이다. 어제 내린 비에 싹이 돋은 어제 슨 곰팡이를 지금 읽는다.

읽다가 잠깐 등이 가렵다. 등을 긁으면서 다음 구절을 읽는다. 다음의 생각을 짚어보자고 가려운 등을 긁고 글의 바닥을 또 긁는다. 긁히지 않으려는 애물단지 같은 고집불이 줄거리도 있다. 요령도 없는 새로운 긁기를 시도한다. 어쩌껜 그냥 그대로 술술 풀리는 구상을 편하게 적어 두었었다. 망설이는 대목이 없지는 않았다.

극약처방처럼 좀 낯선 구절을 기성글발 속에 끼우는 약은 잔머리를 굴리기도 한다. 무슨 두드러기현상 같은 것이 글 속에 금방 나타난다. 나는 지금 두드러기를 쓴다. 서로 밀고 당기고 하는 문장끼리의 가려움에 심기가 편하지 못하다. 끼워넣기 수법을 달가워하지 않는 텃세하는 문장이 토라지는 느낌도 든다. 사이좋게 지내라고 서로의 등을 토닥거리지만 토닥거리는 손을 슬쩍 밀어내는 보수파 같은 두드러기도 있다.

어제 쓴 수필은 어제 담아둔 식은 밥그릇이다. 어제는 오늘을 생각하지 못했다. 코밑의 일이나 생각하면서 현재에 안주하려는 현실주의자는 지나치게 두루뭉술한 편의주의자에 지나지 못한다. 새로워야 한다고 떠벌리면서 나타난 결과는 그 나물에 그 밥이다. 편이점도 아닌데 그렇다. 뒤처리가 깔끔하지 못하고 느슨하다는 지적을 스스로에게 한다. 마라톤 경기에서도 뒷심이 떨어져 잘 나가던 경기를 망치는 것을 편의주의 방식에서 본다. 마라톤 경주나 다름없는 수필을 하면서 뒷심부족을 스스로 아쉬워한다. 고단한 일이지만 글 전체를 와락 부셔버리고 글의 구조를 다시 짜야겠다는 처방을 스스로에게 내리기도 한다.

수필의 참맛에서 따돌리는 아픔을 번번이 겪어야 했다. 그것은 세계를 겉핥기로만 보고 재단한 탓이다. 수필은 내면을 깊이 파헤치고 그 내면세계의 새로움을 들어내어야 참신함이 있을 것이다. 그걸 알면서도 생각의 걸음이 미처 따라가지 못했다. 대상의 내면을 뚫는 굴착작업이라도 벌려야 한다. 늘 보고 듣는 것은 하나마나한 식상한 소리다. 대상의 바닥에서 새로 건져 올리는 참신한 세계가 드러나야 비로소 수필의 참 값을 할 것이다. 턱없이 부족한 나를 생각하는 것은 아쉽고 쓸쓸하다.

쓸쓸하다고 그냥 손 놓고 있을 수는 없다. 관습적인 기성언어에 새 언어를 끼우면 기성언어들이 들고 나설지도 모른다. 조금도 자리를 양보하지 않으려는 기성언어들에게 양보의 미덕이라는 설득도 있어야겠다. 그런 생각으로 이미 저질러놓은 언어의 잘못 깊은 속살을 찬찬히 살펴본다.

① 머리와 가슴이 따로따로 놀고 있는 언어는 불안하다.
② 정서적 반응에 귀를 기울이는 다정다감, 울림이 부족하다.
③ 일방적이고 당돌한 언어뜀뛰기 놀이는 때로 당황스럽다.
④ 세계를 참신하게 보고 느끼고 표출하려는 노력과 인식이 부족하다.
⑤ 수필 속에서 갖는 사회성이 희박하고 외톨이로 놀고 있다.

이거 말고도 하나마나한 신변위주라거나 어제 그렇고 오늘 그런 넋두리로 언어를 함부로 낭비하고 있다는 등 자가진단을 한다.

어제 쓴 수필은 어제 슨 곰팡이다.

쓰지 않으면 뭔가 답답하고 허전하고 들썩거리는 낌새가 있을 때 나는 쓴다. 마음의 상처를 다독이고 어루만지고자 쓴다. 무슨 상처냐고 따지면 딱 꼬집어서 이러저러한 상처라고 말하기는 어물쩍거리게 된다. 하지만 말할 수 있을 것 같다.

한 아이가 운동장에서 공차기를 하고 있다. 담장 쪽으로 굴러간 공이 담장에 부딪쳐 아이에게로 되돌아간다. 되돌아 간 공을 다시 찬다. 산을 탈 때였다. 산 중턱에 깊은 골짜기가 있다. 그 골짝을 향하여 야호! 소리를 질렀다. 소리는 다시 되돌아왔다. 골짜기가 내 소리를 받아 웅얼거리는 소리로 되돌려준다. 친절한 골짜기. 그 깊은 골짜기는 학교 운동장의 담장이었다. 되돌아오느라 좀 피곤해 보이는 소리 아니던가.

산을 타는 나도 조금은 피곤했다. 두 피곤이 서로의 피곤을 쓰다듬느라 천천히 산을 타며 서로를 묻고 염려하는 산타기 아니던가. 피곤을 치유하는 길이 산타기라는 어렴풋한 생각도 곁들이고 있었다. 이열치열이라고 하지 않는가. 그 생각의 꼬투리에서 움트는 피곤의 싹을 가꾸어볼 요량을 그때 하고 있었는지 모른다. 모르는 것이 상처다. 상처를 치유하고자 산을 타고 이런저런 상처를 또 껴안는다.

크게 떠벌릴 엄두는 물론 없다. 작은 것에서 일어나는 작은 상처 같은 것에서 수필의 씨눈을 생각한다. 그걸 심는 공책이며 컴퓨터 모니터바닥에 수필의 가닥이 핀다고 말하고 싶다. 물론 시의 씨앗을 심을 수도 있다. 어느 쪽을 택하느냐는 것은 뻔하다. 이를테면 어떤 사실, 혹은 진실이 있었느냐 어떠냐에 딸려 있다. 사실이 있었다면 역사 이후이다. 그러나 없었다면 당연히 역사 이전이다. 수필은 역사 이후의 문학이란 것은 다 아는 상식이다. 양손에 깃발을 들고 어느 쪽 손을 먼저 들까 하고 우물거릴 이유는 전혀 없다. 역사/사건 이전이냐 이후냐에 따르기 때문이다. 수필은 역사 이후에 일어나는 마음의 상처치유에 있다. 문학치료라는 측면에서 볼 때 그렇다는 것이다.

기쁨과 함께 생각하고 슬픔과 함께 생각하는 사이 세상은 오늘 변하고 내일 변한다. 그 변하는 세상 속에서 변하는 수필을 하고자 물구나무서며 넘어가는 책장갈피에 눈을 댄다.

수필은 실상과 체험으로 얽은 수필적상상력의 문학이다. 상상력이라는 말에 두드러기 현상을 일으키는 일부 계층도 있을 것이지만 그것은 그렇게 생각하는 자의 몫이지 수필문학의 문제는 전혀 아니다. 과거는 물론 현재라는 축이 중심이 되는 사실/사건을 뼈대로 삼는 진솔한 문학이라는 말이 꼬리표처럼 수필에 따라붙는다.

참신해야 살아남을 수 있다는 언급이 귀에 닿는다. 어제의 생각은 버리고 미래지향으로 가는 내일의 생각을 새겨보자고 한다. 수필 또한 새로운 언어의 발견이라는 말에 주목해야겠다. 거기에 귀가 솔깃하다. 상투적인 것에서 벗어나는 참신성을 지닐 때 수필은 떳떳하게 산다. 신변잡기라는 말은 수필에 아무런 참신한 깨달음도 없이 그저 그렇고 그런 이야기글로 밀고 나가기 때문이다.

수필의 씨앗이 날아다닐 길에 선다. 씨앗을 혹 놓칠까봐 눈을 여기저기로 부지런히 옮긴다. 귀를 기울인다. 생각의 가지에 수필소재가 열매처럼 매달리는 느낌이 든다. 느낌을 놓칠 수 없다. 미리 들뜨지 말자고 속으로 다짐한다.

이렇게 야단법석을 떠는데 수필의 씨앗은 비웃듯 어정쩡한 나를 본다. 무딘 내 감각의 저편에서 내가 모르는 열매를 아득하게 매달고 있는 수필. 순발력이라고는 없는 나는 알고 보니 현재의 위치에서 현재에 고분고분 고개 숙이는 현실만족주의자 아닌가. 언어의 물감을 다룰 때 역시 그렇다. 조금 더 대담하게 물감을 팍팍 칠하지 못하는 소박주의자素朴主義者인 나는 수필의 캔버스에 희미한 물감만 칠하다가 손을 놓아버린다. 검음이면 검음, 빨강이면 빨강, 파랑이면 파랑 등 좀 더 과감한 물감 범벅으로 캔버스를 치덕치덕 처바르지 못하고 망설였다. 과감하게 엮어나간다는 생각의 손은 아예 놓아버렸다. 아쉽지만 지금 나는 허둥지둥이다. 지리멸렬이나 다름없는 생각의 무리에 둘러싸인 나는 수필이라는 세계에서 외로운 갈매기다. 무슨 울음으로 수필이라는 망망대해를 건너야 하나.

평생을 거는 길이 수필문학의 길이라고 당치도 않은 너스레를 또 떤다. 차근차근하게 깊이 있게, 참신한 세계탐구를 하는 길이라며 지리멸렬의 늪에서 벗어나라고 스스로에게 당부 하는 소리가 들린다. 그 소리를 미처 듣지 못하고 어영부영 서툰 날갯짓을 한다.

그런데 수필은 무엇인가. 나는 그 대답을 하지 못하고 듣지 못한다. 어렴풋이 귀에 꽂히는 소리가 있다. 아파트 마당을 보라고 한다. 나무가 서 있다. 산수유나무라고 하다가 생강나무라고 불러본 나무다. 산수유나무라고 부를 때는 생강나무에게 미안하고 생강나무라고 부를 때는 산수유나무에게 미안했다. 밤이 밤이나 낮이 낮이나 두리둥실 논다는 노랫가락. 나는 너무도 느슨하다. 두리둥실하게 게으른 나를 본다.

헷갈리면서 미안해하면서 나는 수필에 고개 숙인다.

종합수필세트

방금 지나온 어느 아파트의 출입문이 눈에 걸린다. 나는 그 아파트 안으로 들어갈 수도 없고 들어갈 생각도 하지 않았다. 혹 들어가더라도 입구에서 제지당할 것은 뻔하다.

경비원은 어느 동 몇 호에 사는 누구를 찾아가느냐고 다부지게 따지고 물을 것이다. 대답이 궁하여 멍하니 서 있을 내 꼴은 의심거리가 되거나 성가신 존재로 도장 찍힐 것은 뻔하다. 아파트의 경우만은 아니다. 어느 출입구에서건 입구에서 어정거린다는 것은 수상한 인물, 성가신 인물로 따돌린다.

그런데 나는 이 글의 입구나 다름없는 서두에서 어정거린다. 눈에 띄지 않는 담벼락 같은 서두에 걸려 이러지도 저러지도 못하는 처지나 다름없게 된다. 딱하다. 무슨 주제인가를 내세워 그걸 쓰겠다고 벼른 시작인데 앞머리가 잘 풀리지 않는다고 속으로 꼬장꼬장 앙탈을 부린다. 백 미터 달리기는 출발이 승패를 가른다. 그런데 나는 출발선에서 우물거린다. 출발호각을 어렴풋이 들었던 것 같다. 늦은 출발을 하면서 어설픈 변명이란 것을 늘어놓는다. 내 길은 백 미터 달리기가 아닌 마라톤 코스나 다름없는 장장한 코스라고.

어느 날은 동면마을 입구에서 서면마을 끝까지 걸어야할 일이 있었다. 그것은 어떤 의무감 같은 것이었다. 그렇게 걸어가면서 동면마을과 서면마을 사이에 찍은 발자국 흔적을 헤아려보자는 속셈도 있었다. 뒤뚱거리는 걸음새 흔적이 보이는 날도 있었다. 11자형처럼 나란하게 찍힌 흔적은 보는 마음을 편안하게 했다. 그러나 팔八자 걸음 흔적은 걸음걸이를 다시 돌아보라고 하는 것 같았다. 발자국은 나를 타이르는 경계부警戒符나 다름없었다.

이걸 염두에 두면서 이따금 동면마을 입구에서 서면마을 끝까지 걷기운동을 하는데 어느 날은 시간을 많이 잡아먹고 어느 날은 적게 잡아먹는다. 말할 나위도 없이 많이 잡아먹는 날은 거리가 멀고 적게 잡아먹는 날은 가까운 거리라는 생각을 한다. 그걸 나는 마라톤 코스의 거리와 말맞추기를 시도하기도 한다. 이렇게 말한다는 것은 순전히 나 혼자만의 터무니없는 그릇된 계산이라는 것은 안다. 하지만 그걸 고치면서 수학적인 정확성 같은 잣대를 들이댈 요량은 하지 않는다. 잘못된 버릇이지만 과학적인 한 치 오차도 없는 잣대를 내세워 이러니저러니 하는 생각을 그다지 좋아하지 않는다. 때로는 두루뭉술한 것이 마음에 든다면서 꼬지꼬지 따지는 일에 염증을 낸다. 한의원에 가서 약을 지을 때도 그랬다. 당귀 몇 그램, 백출 몇 그램하고 저울로 다는 것보다는 짐작으로 약을 주섬주섬 집어넣는 약봉지에 더 믿음이 갔다.

그래서인지 모르지만 미리 계산된 글의 방향조절은 그다지 하지 않는다. 이 글의 서두에서 헤맨 일도 알고 보면 계산된 것이 없는 것에서 일어난 탓이겠다. 그런 점 동쪽이면 동쪽, 서쪽이면 서쪽이라는 방향을 미리 염두에 두었더라면 하는 생각을 하긴 한다. 하지만 그런 방향을 앞세워 글을 써나가기는 앞뒤가 칵 막힌 것 같은 느낌을 받으니 탈이다. 하지만 글의 시작에서 무엇을 쓰겠다는 생각만은 미리 마음에 둔다. 그것이 혹 글의 방향잡기가 될 것은 물론이다. 그런데 때로 그 방향을 놓치고 때로는 어정거리게 된다.

지금 나는 어정거리지 않으려고 글의 고리를 푸는 열쇠를 쥐고 있다. 이런 때 나는 글을 안내하는 사회자거나 해설자 같은 좀 똑똑하다는 헤픈 자만심을 갖는다. 조금 더 달리 말을 바꾸면 글머리의 파일럿이라고 누가 시키지도 않는 말을 대고 싶다. 어느새 나는 비행기를 몰고 한 번도 가본 적이 없는 세계의 이 곳 저 곳으로 비행하는 과대망상증환자 같은 파일럿이라는 느낌을 받는다. 위험하다면 엄청 위험한 비행이다.

하지만 자신 있다고 우쭐해한다. 싱거운 노릇이지만 지금은 이 글의 방향타를 잡은 파일럿임을 어설프게 뽐내고 있다.

파도는 무수한 삼각형의 스크럼을 짜고 온다. 그 대열에 맞선 산 또한 삼각형 모양의 줄기를 멀리까지 뻗는다. 바다든 산이든 세모꼴을 즐기는 것 같다. 나는 바다를 보다가 산등성이를 타고 가는 세모꼴 봉우리에 눈을 판다.
삼각형은 비교적 안전한 구도라고 하겠다. 한 나라의 정부구성이라는 것도 행정부 사법부 입법무로 짜인 안정감을 보여준다. 행정부 구역에서 일한 적은 물론 없다. 사법부 입법부에서도 물론 일을 한 적이 없다. 그러나 삼각파도를 타고 바다에서 일한 적은 있다. 삼각형구도나 다름없는 산등을 오르내리며 땀을 찔찔 흘리며 일한 적도 있다. 이렇게 말한다는 것은 지나치게 삼각형구도 위주라고 하겠다. 그러나 삼각형을 말하는 내 머리 속에는 따분하게도 삼각형만 들어앉아 나를 그 구도 속에서 생각하고 놀게 한다.
고정된 생각의 올가미에서 풀려나야겠다고 마음먹는다. 그러면 주변이란 것이 모두 그렇고 그런 형태를 띈다. 나무는 삐죽삐죽 키를 세우고 구름은 어제처럼 여전히 지리멸렬하다. 좀 형태를 갖추는가 하면 금방 천 갈래 만 갈래로 찢어지는 구름이다. 찢어지고자 하늘에 떠 있는 구름 아닌가. 혹 삼각형구름이 어디 있을 거라면서 살핀다. 하지만 구름은 내 생각과는 전혀 다른 모양으로 흩어지다가 모여들다가 자유자재의 추상화를 하늘에 그린다.

삼각형 일변도의 사고방식에서 벗어나기로 한다. 그런 구도만을 고집한다는 것은 세상의 틀에 자유롭지 못하다는 생각에 끌린다. 세상을 세모꼴로만 보려고 하는 나는 어떤 점 생각의 불구자인지도 모른다. 그것은 삼각三脚걸음을 걷는 것이나 다름없겠다. 두 다리로는 불안하여 지팡이에 몸을 기댄 노구老軀를 보는 것 같다.

바지랑대는 지게를 세우는 덕을 갖는다. 그런 점 지팡이 또한 바지랑대나 그다지 다름없어 보인다. 살면서 누구의 바지랑대가 되어본 기억은 그다지 없다. 남을 돕는 것은 나를 돕는 일이라고 흔히 듣는다. 그런데 나는 아무에게도 힘이 되지 못하고 어리벙벙하게 혹은 무의미하게 살고 있다. 이런 처지에 무엇이 이러니저러니 말할 입은 전혀 없다. 그런데 내 입이 자꾸 세모꼴 모양으로 어긋나려고 한다.

사방을 두리번거리는데 산비탈을 쓸고 오는 회오리바람이 있다. 이런 때는 뜻밖에도 바다가 우는 소리, 산이 우는 소리를 듣는 느낌을 받는다. 그러고 보면 바다와 산은 서로 한 짝이다. 나는 지금 그 짝꿍끼리 뭐라고 주고받는 소리를 듣는 느낌에 찬다.

거리가 먼 이질적인 소재를 끌어와 이를 어울리게 하는 수필쓰기를 생각하는 때가 수시로 있다. 관습적인 글쓰기에서 벗어나고자 하는 어설픈 생각에서다.

하늘과 땅, 해와 달, 꿈과 현실, 빠름과 느림, 깊이와 높이, 긴 것과 짧은 것, 수컷과 암컷, 사랑과 미움 등을 조립한 글은 관습적이다. 비누 치약 칫솔 로션 등을 무지개색깔로 보기 좋게 구색을 갖춘 상자를 구입했을 때도 상식적인 상품배열이라는 생각을 했었다.

세상은 홀로가 아닌 짝 맞추기다. 그것이 아니라면 이것에 대한 저것이다. 이 각과 서로 마주보는 저 각의 은근한 눈빛이다. 상대성원리라는 말을 어렴풋이나마 생각하는 눈빛이다. 그 눈빛으로 세상의 무엇인가를 찾고 있다는 생각을 한다.

그래 맞다. 수필가 또한 세상을 보고 찾는 끊임없는 탐구자임을 깨닫는다. 수필은 어떻게 생겼느냐고 물으면 나는 우선 세모꼴을 들추고 싶다. 네모와 동그라미 같은 원만형도 있지만 세모꼴이라야 수필의 참 맛을 한다는 생각을 버리지 못한다. 네모는 지나치게 정직하다. 빈틈이 없어 보인다. 안정감으로 말하면 네모가 제일이지 싶다. 그런 탓으로 건축물은 모두 정사각형이거나 장방형 사각형인 든든한 네모 귀퉁이가 건축물을 안전하게 떠받는다. 둥근 모양새는 호의호식하는 팔자 좋은 천하태평 형이다.

어떤 고뇌, 어떤 갈등 같은 것을 연상할 수 있는 세모꼴은 수필을 말하거나 쓰거나 할 경우 알맞은 형태가 아닐까 싶다. 편안하고 안정감이 있는 수필이 마음에 든다고 한다. 그런데 달콤하지만은 않아야 한다는 고집이 수필에 브레이크를 걸고 싶어 한다. 이건 아무래도 혼자 잘난 척하는 딱한 외통수인지도 모른다.

수필의 맛은 어느 한 가지 맛으로만 말할 수 없다. 단맛 매운맛 신맛 쓴맛 그리고 짠맛으로 조화를 이룬 종합수필 세트를 생각하는 일도 좋을 듯하다. 가령 모자와 돌, 책과 곤충, 철도와 하늘 등 유사성이라곤 조금도 없는 것을 봉합하여 새로운 유사성을 구축하고자 하는 기법을 생각하는 것은 어떤 점 뜻있는 일이기도 하겠다. 생각해 보면 어설프고 따분하기는 하다. 수필은 편안하고 따뜻한 감성이라야 맛이라는데 나는 못나게도 거기서 벗어난 수필을 하고자 기를 쓰는 꼴이 가관이다. 수필은 편하게 읽고 쓰는 문학이라고 하는데 거기 반기를 드는 꼴이나 다름없다. 내 잘못은 수필의 형틀에 엎드려 매 맞을 일이나 저지르지 않는가.

오늘은 기분이 좋았다고 쓰다가 지운다. 따지고 보면 진솔하지 못한 내용이다. 기분이 좋았던 일은 단 몇 분에 지나지 않는다. 그런데 오늘이라니. 가만 생각해보니 기분이 좋았던 것이 오늘의 중심부분이다. 나는 그 중심에 동그라미를 치기로 한다. 지운 것을 다시 써야겠다. 요랬다조랬다 천방지축이다.

　진솔한 글, 그것이 수필이라고 하지 않는가. 나는 수필에 청기 내리고 백기 올리기로 한다. 아니 백기 내리고 청기 올리기로 한다.

강물이 흘러간다

밀양 영남루 앞에서 어슬렁거린다. 누각 보수공사를 하는 중인지 가림막을 친 영남루는 가림막 속에 닫혀 있다.

영남루 내부는 전에 두어 번 본적이 있다. 천정이며 벽을 장식한 옛날 장인들의 손때 묻든 건축미학과 미적감각의 깊은 지혜를 보고 공부한 적이 있다. 그걸 다시 읽어보고자 했다. 그러나 가림막을 제치고 누각 안으로 들어갈 수는 없다.

어느 곳이든 출입을 제한하는 가림막은 자주 사람의 발길을 머뭇거리게 한다. 어느 사찰에 갔을 때도 '출입금지'라고 출입문에 붙은 글자에 걸려 그 속을 볼 수 없었다. 그런 곳은 대개 정숙·청결을 요하는 곳이다. 들어가지 말라면 들어가고 싶은 것이 사람의 마음이다. 궁금한 것은 궁금한 그대로 가지라고 하는 '출입금지' 팻말 아니겠나.

쪽지에 문장 몇 줄을 쓰는 날이 있다. 쓴다기보다는 그냥 끼적거려 보는 것이다. 그것을 이리 굴리고 저리 굴리는 사이 무엇이 되는 날이 있다. 그러면 쓴 문장이 혹 사라질까봐 쪽지를 단단히 호주머니 속에 집어넣고 뭐 또 달리 궁리할 것은 없을까 하고 머릿속으로 사방을 두리번거린다.

쪽지는 말할 나위도 없이 문장을 가두는 창고다. 호주머니 속의 창고. 좀 똑똑한 수납자가 되지 못한 나는 문장 한 줄도 끌어들이지 못하고 번번이 허탕만 치는 날이 있다. 경우에 따라 약간의 요령이 필요하다. 무엇이 되고 어쩌고를 따질 일이 아니다. 긴가민가한 문장은 우선 쪽지에 적고 보자는 속셈에 찬다. 이 경우 문장에게서 핀잔 받을 것은 뻔하다. 욕심이 사람 죽인다는 말은 바로 이를 두고 하는 꾸지람이다. 철면피나 다름없는 무모한 나는 우선 많이 집어넣을 경우 그 가운데 쓸모 있는 그럴싸한 문장도 더러 생길 것이란 혼자만의 계산을 한다.

창고관리에 허술한 나는 수납한 문장마저 그냥 날려버리는 날이 있다. 망가진 자물쇠를 풀고 어디론지 흔적을 감추는 문장도 있다. 달아난 문장이 아까워 빈 창고나 다름없는 허탈 앞에 우두커니 선다. 기차를 가두고 기차 밖으로 지나가는 산을 가두고 멀리 나앉은 마을에 눈을 주던 수납과정이었다. 그 창고 안에 갇힌 문장 하나하나를 늦게나마 구성할 궁리에 몰두한다.

그런데 금방 요랬다 저랬다 하는 마음에 끌려 모처럼의 생각을 놓아버린다. 기차 밖으로 지나가는 풍경은 뻔한 소리 아닌가. 뻔한 소리를 뻔한 소리인 줄도 모르는 수납물은 과감하게 버리라고 말을 하는 창고 앞에 우두커니 선다. 버릴 줄 아는 것이 창고정리에 도움이 되는 것이라며 쌓기만 하던 어리석은 정신에게 한 방 먹인다.

어제 지나간 바람이 얼핏 머릿속을 스치고 지나간다. 좀 떨어진 자리에서 보는 그림 한 폭도 지나간다. 팔다리에 침을 맞고 침 맞은 자리에 반듯이 누웠던 시간을 생각한다. 멀리 떨어진 바다도 바로 누워 있는 시간이었음을 생각한다. 수평선 쪽에서 가물가물한 꿈이 떠오르는 느낌이 들던 어제다. 그것은 구름이거나 섬이라는 생각을 하고 있었다. 내 몸속에서 먼 바다가 지나가는 소리를 듣는 것은 다소 의외였다. 그것은 깊고 그윽했다. 어쩌면 그것은 어쩌면의 깊이었다. 어쩌면 그것은 어쩌면의 그윽함이었다.

팔다리에 침이 꽂혔을 때의 나는 영락없이 정물이나 다름없는 물체였다. 벽에 걸린 산수화는 오는 듯 마는 듯 오는 느낌이 들었다. 실은 그 자리에 가만히 붙어있는 그림인데 보기에 따라서 거리를 좁히고 거리를 넓히고 있다는 생각은 다소 혼돈스런 꼬투리 같은 것이었다. 그 뜻밖의 꼬투리를 한참 보기로 했다. 심심하다는 생각 때문만은 아니었다.

말양 영남루 마당에서 어슬렁거리며 발아래 흐르는 밀양강을 보는 맛이 아늑하다. 내 정신 속에도 강물이 흘러가는 느낌이 드는 것은 일종의 작은 깨달음이라고 할까. 나는 그 깨달음을 오래 지니고 싶어 조금 더 강물 가까이로 다가선다. 신발 바닥에 강물이 젖는다. 젖으면서 살아온 세상 아닌가.

오락가락하는 생각의 기슭에 강물이 또 흘러간다.

제4부

벽 이벤트

벽이 하얗다. 이런저런 낙서라도 문지르고 싶은 강한 충동이 인다. 백색은 순결 순수일 것인데 거기 대한 어떤 저항감을 갖고 있는지도 모른다.

심심할 것 같은 벽이다. 투명한 벽은 내 생각을 그대로 받아들일 것만 같다. 형식에 묶이지 않은 자유로운 상상을 낙서하듯 풀어보라고 하는 벽이 아니겠나.

무엇이 어떻게 떠오르나 하는 마음으로 다시 벽을 본다. 벽 외는 달리 볼 것이 없는 것은 물론 아니다. 그런데 나는 벽만 보고 벽에서 떠오를 어떤 그림을 생각한다. 그것은 이중섭일지도 모른다. 에드바르드 뭉크의 붉은 절규인지도 모른다. 이런 기회는 흔한 일은 아니다. 기회는 어디에나 있는 것 같지만 전혀 오지 않는 경우도 있지 않는가.

그림 몇 점이 걸려 있었을 벽이다. 그런데 집 주인은 그걸 다 걷어내고 하얀 벽면만 남겨두었다. 자리를 함께 한 사람들과의 대화도 좋지만 벽과 이야기를 나누는 일이 더 보람 있는 일이겠다는 생각이 든다. 벽면을 응시한다. 보고 느끼고 생각하라고 하는 것 같은 벽이다. 그러면 무엇이 어렴풋이 떠오를 것이라고 은근히 타이르는 느낌이 든다. 끈끈한 물감을 확 던져 뿌리고 싶다. 물감을 뒤집어쓴 벽이 한 폭 거대한 추상화로 나타날 것이다. 머드축제를 하는 갯벌이 떠오른다.

모든 침묵이 그 허울을 벗어던지고 질서도 없이 난무하는 느낌이 드는 벽이다. 폭풍에 시달린 억새밭 환상위로 미국의 화가 잭슨 플록의 그림이 뜬다. 무질서 속의 아름다움을 포착하는 안목을 나는 사랑한다. 혼잡은 혼잡만이 아닌 웅숭깊은 혼잡미를 읽게 한다.

다소 혼란스런 환상에 떠 있다가 눈을 돌리면 목가적인 분위기가 갑자기 나타난다. 하얀 벽은 요랬다조랬다 좌충우돌하는 생각의 틈새에 나를 놀게 한다. 그런 생각도 그다지 나쁘지 않다며 자위한다. 생각의 갈피라는 것은 어느 한 가지에만 묶여 있을 수 없다. 금방 천리 밖에 놀다가 되돌아오는 생각의 회오리도 있지 않는가.

흰 벽을 흰 벽으로만 볼 수 없는 무엇이 있다. 자리를 함께한 사람들이 노닥거리는 수다를 문자로 엮어 하얀 벽에 벅벅 문질러 보기로 한다. 순간 짧은 시 한 구절이 시화전처럼 걸리는 환상에 뜬다. 그런데 나는 그것을 미처 읽을 수가 없다. 노닥거리는 수다를 듣고 있으니 수필 한 구절이 떠오르기도 한다. 그것을 벽면이 받아 적는 것 같다.

강물이 바다와 섞이는 것을 본다. 강물을 받아먹은 바다는 너울거리는 날갯짓을 한다. 만족스럽다는 마음을 나타내는 파도의 군무群舞. 바다에 이르러 바다와 한 몸이 된 강물도 바다와 어울려 너울거리는 군무를 춘다.

이렇게 하얀 벽면을 읽고 있으니 마음에 새로운 빛깔이 인다. 나는 그 빛깔을 너울거리는 구름 속에 다시 본다. 하늘의 파랑과 어울린 하얀 구름이 연출하는 마스게임은 웅장하다. 하얀 벽면에서 이런 영상을 떠올리는 눈에 군마도群馬圖가 비치는 것 또한 뜻밖이다. 청초 이석우 화백의 그림이 떠오른다. 어느 화랑의 전시회에서 본 것 같은 그 그림이 떠오르는 것도 다소 뜻밖이다.

영상이라는 것은 어느 한 자리에만 묶이지 않는다. 그것을 영상의 이동성이라고 말하고 싶다. 금방 이것인가 하면 저것으로 순간이동을 하는 영상이라는 것은 실은 생각 속에서 태어나는 나름대로의 형상 아닌가. 하기에 생각 속에 영상이 있고 영상 속에 생각이 있다는 말을 하고 싶다.

하얀 벽면에서 나는 말 수십 필이 휙휙 달리는 발굽소리를 듣는다. 질풍처럼 쓸리는 갈퀴와 발굽 아래 튀어 오르는 먼지를 본다.

어쩐지 좀 어지러웠다

무엇인가 쓰고 싶다. 그런데 무엇을 쓰고 싶은지 막연하다. 쓰고 싶다는 생각만으로 무엇이 되는 것도 아니다. 그럼에도 무엇인가 써야겠다고 그다지 조리도 없는 생각을 한다.

이런 때는 주위를 둘러보는 버릇이 있다. 지금 앉아 있는 좁은 방안에는 컴퓨터책상과 몇 권의 책과 액자 하나가 덜렁 벽에 걸려 있을 뿐이다. 액자 속에는 조영조 서예가의 솜씨로 된 목재수필牧齋隨筆이라는 전서체 글씨가 들어 있다. 오래전에 유명을 달리한 조영조 서예가는 내 호를 목재라 불러주고 낙관으로 쓸 인장을 스스로 새겨 나에게 준 적이 있다. 액자와는 좀 거리를 두고 낡은 시계가 걸려 있다. 한 오륙 년 전 재활용수집소에서 주워온 시계다. 꼬박꼬박 시간을 알려주는 시계는 나를 고마워하는 것 같다. 나는 되레 시계를 고마워한다. 서로 고맙다고 말하는 처지는 서로 고마움으로 뿌듯하다.

지금 나는 눈에 나타나는 것만 보고 말하고 있을 뿐이다.

가령 액자 속으로 들어가거나 시계 속으로 들어가면 더 깊은 이야기도 있을 것이다. 그런데 나는 지금 깊은 이야기 같은 걸 생각하지 못하고 있다. 날이 무더워서일까. 무더위에 찌든 머리는 찡하는 어떤 강한 신호를 받고 있는 듯하다. 그 신호가 머리를 칵 눌러대는 느낌이 든다. 무더위는 다른 아무것도 생각하지 말고 오직 더위만 생각하라고 일방적인 채찍질을 하는 것 같다.

그래서인지 달리 무엇을 깊이 보거나 생각할 엄두를 내지 않는다. 나는 지금 않는다에 대해서 은근히 밑줄을 긋고 있다. 않겠다고는 말하지 않는다. 않는다와 않겠다를 두고 생각하다가 그마저 다 잊어먹기로 한다. 좀 먼 이야기지만 잊어버려라 하고 나를 타이르던 목소리의 여운은 지금도 아릿하게 남아 있다. 누가 그렇게 타일렀는지 분명하지는 않다.

그와 나와의 거리가 이승과 저승 사이의 거리라고 생각할 때 많이 아팠다. 가슴이 찢어진다는 경험을 그때 했다. 그 아픈 멍울도 세월이 흐르자 그냥 그런 것으로 흐지부지 사라졌다. 마음이 텅 빈 상태는 마음을 백지로 도배한 것이라는 느낌을 받는다. 백지는 침묵상태 아닌가. 나 자신에 대해서 아무 말도 할 수 없다는 것을 뼈아프게 깨닫는다.

침묵은 빈 그릇 같은 것이라고 어렴풋이 짐작하는 날이

많다. 그릇에 무엇을 담을까 하고 고심할 일은 아니다. 지나가는 시간이 그릇에 절로 고이기 때문이다. 그 시간은 바람이거나 누군가의 말소리일 수도 있다. 어느 날은 과일이 소복소복 담길 것이다. 향긋한 향기를 담은 그릇을 보는 날도 있을 것이다. 빈 그릇은 웅숭깊은 향기의 샘이라고 이별의 아픔은 까맣게 잊고 말할 것이다.

빈 것의 아름다움이란 말을 흔히 듣는다. 그런데 거슬러 생각하면 나는 빈 그릇에 무엇인가로 채우고자 허겁지겁 애를 썼다. 벽이라고 다를 것은 없다. 이런저런 무엇을 걸고자 알맞은 벽면을 더듬으며 생각을 꽂는다. 책꽂이에도 빈 칸을 찾아 이런저런 책을 꽂아놓고 혼자 대견해 한다. 허욕이 많았다.

무엇인가 쓰고 싶다는 생각 또한 일종의 허욕이다. 하심下心이라는 말을 생각한다. 착着을 내려놓아야 한다는 말을 또 입속말에 담는다. 그런 생각을 하면 아무것도 하지 않아도 좋을 것이다. 그런데 나는 벽을 못살게 하고 책꽂이 또한 힘들게 하는 말썽꾸러기다. 이런 나를 아내도 가끔 핀잔을 준다. 벽에 함부로 못을 치거나 걸려고 하지마라, 책도 좀 정리하여 필요한 사람에게 보내거나 도서관에 기증하는 것이 좋을 것이라고. 그런데 내 책에 손을 내미는 어느 누구도 없을 것 같다. 도서관 또한 책이 넘치는 시대라며 손사래 치는 경우를 당한 적이 있다. 그때 나는 시집과 수필집을 갖고 어느 도서관을 찾았다. 담당자의 얼굴에서 내색은 하지 않았지만 떨떠름한 인상을 읽을 수 있었다.

차라리 분서焚書가 좋을 것이다. 진시왕도 아니면서 이런 맹랑한 생각이 드는 경우도 있다. 하기야 굳이 그런 경우가 아니더라도 책은 재활용이라는 이름 아래 종이로 다시 태어나서 또 다른 책이 되거나 무슨 쓰임새로 쓰일 수도 있다. 이런 경우 나는 생각의 재활용이라는 말을 떠올리기도 한다. 세계는 재활용되면서 더 새로워지는 것이 아닐까.

지금 쓰는 이 문장도 어제 쓴 문장의 재활용품인지도 모른다. 방안을 여기저기 살피는 나는 어제의 생각자궁에서 태어나는 오늘의 생각을 쓰고 있는 셈이다. 그래서인지 어제 오늘 내일이라는 생각의 바퀴에서 제자리걸음하듯 빙빙 돌고 있는 나를 본다.

어쩐지 좀 어지러웠다.

산그늘에 묻힌 달력

오늘아침이라고 쓴다. 어둠은 아직 사라질까 말까 엉거주춤한 상태다. 여명黎明이라는 말이 딱 들어맞을지도 모른다.

동트는 밝음이라고 쓰는데 여명이라고 하는 쪽이 더 어울릴 것 같다. 어둠과 밝음 틈새에 끼어 있는 여명은 새벽의 징검다리 같다. 그처럼 이가 잘 맞지 않는 소리를 한다. 가만히 있는 새벽을 두고 이리저리 입에 올리는 부질없는 짓이다.

지금 징검다리 쯤에 서 있다고 쓴다. 다리를 지나 날이 훤히 새는 밝음 쪽으로 갈 것이다. 아침이 나를 기다리고 있다고 속으로 쓴다. 아침을 열고 들어가서 달력에 우선 눈을 팔 것이다. 별나게 하는 일도 없이 오늘은 며칠, 지금은 몇 시인지 괜히 궁금하다.

달력 어느 날자는 난분에 물을 주어야 한다고 달랑 적혀 있다. 물을 주는 시기를 잘못 짚어 난을 죽인 적이 한 두 번이 아니다. 한가한 달력 속에 그런 기록만이라도 할 수 있어 다행이라며 없는 거드름을 피운다. 지루해 하는 달력에 미안하여 침소봉대針小棒大하듯이 별것도 아닌 날을 무슨 큰 행사나 되는 것처럼 커다랗게 적는 날도 있다. 달력은 뜻 밖에 그런 내 행동을 꼬박꼬박 잘 받아준다. 달력도 때로 할 일이 생겼다는 거드름을 피우는지 배를 쓱 내미는 시늉 이 보인다.

오늘 아침이라고 쓰고 그럴만한 별다른 일은 없다. 그냥 낙서처럼 그렇게 써 본 것이다. 부질없는 노릇이다. 내일 아침이라고 쓸까도 싶다. 아니 어제 아침이라고 고쳐 쓰면 어떨까. 그러나 이건 장난이 좀 심하다. 오늘이든 내일이 든 아침은 아침이다. 그다지 변화 없는 판박이 같은 날의 연속이 은근히 지루했던 처지는 아침이라는 말에서 벗어나 기로 한다. 그럼 낮이라고 쓸까. 아니 저녁이라면 어떨까.

오락가락이다. 좀 의젓하게 놀아야겠다며 나잇값 생각을 한다. 나이란 것이 걸림돌이 되는 때가 한 두 번이 아니다. 무슨 모임에 어쩔 수 없이 얼굴을 내밀 때다. 저 나이에 무 엇을 하고자, 혹 이런 입말이 귀에 걸리는 느낌이 들어 조 심스럽다. 앉을 자리 설 자리에 마음이 쓰인다. 그런 신경 쓰면서 왜 나가느냐는 내 안의 소리가 은근히 옆구리를 친 다. 앉아도 탈, 서도 탈이다. 가도 탈, 안가도 탈이다. 말이 많으면 많아서 탈, 말이 없으면 없어서 탈이다.

좀 처신머리 있게 놀아야겠다며 무게에 대해서 생각하는

데 이 또한 여간 까다로운 것이 아니다. 무게가 어떻게 생겼는지 짐작되지 않는다. 은연자중隱然自重 속에 무게란 것이 들어 있을까. 수신교과서 같은 책이 그런 것인지 모른다. 생각의 깊이란 것이 혹 도우미가 되는지 책꽂이에 꽂아둔 철학이니 심리학이니 미학이니 하는 것에 마음이 촐랑거린다.

공자 왈 맹자 왈 속에는 말 그대로 수신하는 길에 도우미가 되는 좋은 구절이 줄줄이 엮여 있다. 획수가 많은 한자처럼 은근한 무게를 갖고 있어 보인다. 그렇다고 획수가 단순한 한글에 무게가 없다면 말도 아닌 터무니없는 생각이다. 무게를 글자의 획수가 복잡하고 단순하다로 따지는 우는 범하지 말아야한다. 문장에 뜻이 있고 깊이와 무게가 있다는 것은 줄줄이 다 꿰는 세상이다. 하루라도 선善을 생각하지 않으면 온갖 악惡의 뿌리가 자란다고 장자는 말한다. 뿌리 깊은 나무는 바람을 이겨 아름다운 꽃을 매달고 좋은 열매를 거둘 수 있다고 「용비어천가」는 타이른다.

오늘아침이라고 쓴 처지는 오늘아침에 머물러 있다. 말이 씨가 된다는데 아침에만 머물러 있는 무위도식이나 다름없는 시간이다. 그래 또 달력에 눈을 주는데 산그늘이 내려온 밭둑에 한 노인이 앉아 있는 그림이 보인다. 노인이 산그늘을 찾아간 것인지 산그늘이 노인을 찾아 내려온 것인지 노인과 산그늘이 함께 있다. 노인은 농사 생각을 하는 것 같다. 산그늘 또한 밭둑에 앉아 노인의 생각에 고개를 끄떡이며 뜻을 맞추고 있을 성 싶다.

자동차가 꽁지를 물고 달리는 도시의 산그늘은 자동차 바퀴가 밟고 간다. 그게 산그늘인지 아닌지 전혀 생각하지도 않는다. 자동차에 걸린 산그늘은 자동차그늘이다.

노인이 꼼짝하지 않는 것으로 보아 산그늘이 제법 깊은 것 같다. 동굴 속처럼 우렁우렁 웅얼거리는 소리를 듣고 있을 것이란 생각이 든다. 산그늘에도 귀가 있고 입이 있고 깊이가 있다는 말을 뜬금없이 한다.

그런데 도시의 산그늘은 도시의 소음에 걸려 언제 내려왔는지 기척이 없다. 없는 가운데 산그늘은 왔다가 사라진다. 달력 속에서 산그늘을 본다는 것은 어쩌면 나를 보는 것이다. 어쩌다 나뭇잎 바스락거리는 소리를 듣는다. 하루가 지나가는 소리가 나뭇잎에 있다. 도시에서는 들을 수 없는 소리가 달력에 있어 고마운 일이다.

어쩌다 산그늘에 밟히는 가을소리를 듣는 날이 있다.

서툴게 살며

무언가 써야겠다고 컴퓨터 앞에 앉는데 집 앞 찻길에 차가 지나간다. 차가 지나간다고 쓸까하다가 말머리를 바꾼다. 무언가 써야겠다고 생각한 것이 실은 무엇이었는지 모른다.

조금 전에 옥타비오 파스를 읽었다. 파스는 무슨 영감인가를 나에게 준 것 같다. 그런데 정작 컴퓨터 앞에 앉으니 어떤 영감이었는지 전혀 감이 잡히지 않는다. 잡히지 않는다고 쓸까 하는데 이 또한 싱거운 노릇이다. 그래 이번엔 집 앞 찻길에 지나간 차를 두고 무슨 구절인가 쓸 생각을 하는데 그마저 길이 잡히지 않는다. 차가 사라졌기 때문만은 아니다.

어쩌면 나는 빈 깡통이나 다름없다는 생각을 한다. 내용이 없는 깡통은 발에 차인다. 떼굴떼굴 굴러가다가 어느 모퉁이에서 찌그러진다. 어릴 때 차버린 깡통이 새삼 떠오르는 것은 이상할 것도 없다. 그렇다고 지금 깡통에 대한 글을 쓸 생각은 없다.

집 앞 찻길에 차가 다시 지나간다. 조금 전에 지나간 차는 아닐 것이다. 그것은 정확하다. 차의 크기로 보아서 그걸 안다. 그런 점 나는 제법 똑똑하다. 그래서 나는 아닐 것이다가 아닌 '아니다'라고 딱 잡아떼는 문장을 쓴다. 하기야 맞든 그르든 이 글과는 그다지 상관이 없다. 늘품 수라곤 전혀 없는 말놀이를 하고 있다.

벚꽃이 환한 봄날 아닌가. 이런 때는 웬만한 일은 다 접어두고 일단 벚꽃놀이라도 가는 것이 그럴싸하겠다. 그런데 방에 틀어박혀 이런 쓸모없는 생각이나 문장 속에 끼우고 있다. 하지만 지루하다거나 따분하다거나 하는 생각은 전혀 하지 않는다. 감성이 무딘 탓이겠다. 아니 세상을 모르는 탓이겠다. 이런 두 개의 '탓'을 무슨 자랑거리처럼 늘어놓고 있는데 환한 날씨에 문득 눈이 부실 지경이다.

하지만 날씨는 날씨고 나는 나다. 날씨에 홀려 갑작스레 어디로 나선 기억은 최근에 거의 없다. 생각해 보면 날씨는 어떤 요부인지도 모른다. 한쪽 눈을 지긋이 감은 듯 뜨는 윙크 같은 것으로 나를 홀리는지도 모른다. 아서라. 나는 뭣 좀 점잖을 부리는 척 헛기침이라도 한다. 실은 그런 처신은 물론 아니다.

아무래도 어디 좀 산책이라도 해 볼까. 조금 전에 차가 지나간 길을 따라가면 벚꽃나무 몇 그루가 있다는 것을 안다. 그쪽으로 걸음을 옮겨도 좋을 것이다.

기특하다. 이런 때는 스스로를 추켜세워도 그다지 허물
은 잡히지 않을 것 같다. 잘난 구석이라곤 눈 닦고 보아도
없는 처지다. 컴퓨터 앞에 앉아 있는 것 말고 아내는 나를
완전무능력자로 알고 있다. 남자가 요리를 할 줄 알아야 기
를 펴고 살 수 있다는 남비여존男卑女尊의 세상인데 기껏해
야 라면이나 겨우 끓이는 수준이다.

젊은 때는 아내 앞에 없는 호기를 부리기도 했었다. 그런
데 밖에 나가서 하는 일이 끊어지자 별 볼 일없는 남자로
전락하고 말았다. 안주인이라고 불리는 아내에 비하면 남
자는 당연히 바깥주인이다. 밖에 나가서 집에 도움이 될 일
을 하는 것이 남자가 할 소임이다. 그런데 밖에 나가서 일
할 처지가 되지 못하자 삼식三食(세 끼니를 집에서 꼬박꼬박 챙긴다는
말)이니 뭐네 하는 세간에 떠도는 속어의 주인공이나 다름
없게 되고 말았다.

인생에서 성공했다는 말은 추수동장秋收冬藏의 결과를 두
고 하는 수식어겠다. 팔팔한 시기에 하던 일을 얼마나 어
떻게 걷어 들였느냐는 결과는 일을 손에서 뗀 다음에 나온
다. 그런 점 나는 멍청하다. 내 무능을 찍어낸 아내의 말에
고스란히 고개를 숙일 수 밖에.

그런데 방안에 혼자 있으니 내가 제일 똑똑하다는 생각
이 들어 피식 웃는다. 늘 쭈그려 있을 수만은 없지 않은가.
수필을 써도 가장 잘 쓴다는 터무니없는 망발이 무엇엔가

반발하는 기세를 세운다. 하기야 이런 생각조차 없으면 무슨 재미로 글을 쓰겠나. 그런데 밖에 나서면 나는 또 위축되어 저 사람처럼 써야지 하는 부러움을 가득 안고 돌아온다. 그런 점 글을 쓴다는 것은 망발과 부러움의 주파수를 타는 일이겠다.

누가 전화를 하는 것 같다. 내 휴대폰의 음색이다. 그런데 어디서 전화가 울리는지 얼른 감을 잡을 수가 없다. 바깥나들이에서 돌아오면 전화를 챙겨 거실에 두거나 자판기 곁에 두라는 아내의 말을 예사로 듣고 사는 결과이다. 벨소리가 계속 울리는데 전화기를 찾을 수가 없다. 나는 전화기 찾는 것을 포기하고 쓰던 글에나 계속 매달린다. 휴대폰을 어디에 두었는지 몰라 전화를 받지 못하는 나는 아내의 핀잔을 들어 싸다. 글에서나 무엇에서나 남의 핀잔이나 들으면서 살아온 것 같다.

사랑받기 위해서 산다는 말은 아름답고 달콤하다. 하지만 그 말은 오르지 못하는 아득한 산봉우리다. 고개를 치켜들고 나는 '사랑받기 위해서'라는 말의 산봉우리를 마음으로만 거듭 새기며 오르내리고 있다.

멍청아!

어쩔 것인가, 더위야

덥다는 말을 할수록 더위는 더 악착같이 지근지근 몸에 달라붙는다. 생각을 바꾸면 어떨까하고 마음에도 없는 시원하다는 말을 한다. 그렇게 약은 꼼수를 부리는데 더위가 그런 심보를 모를 까닭이 없다. 맛 좀 보라는 듯 이번에는 불볕을 달궈 찜통처럼 퍼붓는다.

창문을 활짝 여는데 따끔따끔한 불볕 덩어리가 잘 달군 불판처럼 얼굴에 확 달려든다. 두꺼운 불판을 식히고자 선풍기 앞에 덜렁 앉는다. 선풍기도 지쳐 있기는 마찬가지다. 후덥지근한 바람을 토하는 선풍기도 더위를 이기지 못한다.

에어컨 쪽으로 눈을 돌리는데 조금만 참자는 생각이 내 안에서 튀어나온다. 냉방병이란 말이 떠올라서가 아니다. 에어컨 중독은 여름을 여름 같지 않게 하는 일종의 계절상 실증에 걸릴 수 있겠다며 일단은 더 두고 보자는 쪽으로 약은 계산을 굳힌다. 그런데 이건 시원찮은 변명이다. 따지고 보면 부쩍 오른 전기요금영수증이 더위보다 훨씬 마음을 뜨겁게 한다.

어느 신도는 목에 건 그 종교의 상징물이 악한 시험에서 구제되는 증표라고 했다. 그렇게 보면 거실 한쪽에 떡 버티고 선 에어컨은 더위퇴치를 위한 상징물일 수 있겠다. 더위란 놈이 슬금슬금 거실 안으로 들어서려다가 그만 줄행랑을 치리라는 생각이 든 것도 사실이다. 어떤 관공서는 정문에 떡 버티고 선 수위들이 출입을 제한하는 일을 했다. 함부로 드나들 수 없는 이유 뒤편에는 차단기나 다름없는 체격이 당당한 수위라는 인물이 버티고 있다.

어디서 무슨 공사를 하는지 덜커덩거리는 소리, 찍찍거리는 소리가 거듭 들린다. 일꾼들은 일에 묻혀 불붙는 대낮도 모르는 것 같다. 집안에 들앉아 이런저런 더위타령을 하는 나는 안일한 호사나 누리고자 하는 약보나 다름없다. 삶을 위한 치열한 전선戰線이라는 말은 더위를 모르는 일꾼에게나 해당되는 것 같다.

어쩔 것인가. 나는 지금 더위의 사열대에 올라서서 더위야 어서 물러가라며 송별사나 마음으로 쓰고 있다.

나무는 종일 불볕 아래 서 있다. 이따금 몸을 앞뒤로 가볍게 흔들 뿐, 서 있는 자리에서 한 걸음도 옮길 궁리를 하지 않는다.

태어난 고장에서 한 생을 살다가 가는 사람도 있다. 그런 사람을 나무인간형이라고 말하고 싶다. 동서남북 사방으로 뿌리를 뻗되 그 줄기는 태어난 곳에서 떠나지 않는 나무 같은 사람. 못난 나무가 산을 지킨다 하고 못난 전담이 봉제사한다고 들었다. 못난 자식이 부모를 섬긴다고도 들었다.

그리고 보면 나는 잘난 자식이다. 일찍이 슬하를 떠나 타관바람에 요령도 없이 입에 풀칠하며 살았다. 부모의 임종마저 지키지 못한 잘난 자식이다. 아버지가 임종하셨다는 소식을 들었을 때는 이미 하루가 지난 다음이었다. 휴대폰은 물론 전화기마저 귀하던 때라는 것은 어설픈 변명에 지나지 않는다. 잘난 자식의 귀는 늘 캄캄하게 닫혀 있었다. 잘난 자식의 생각은 늘 뒷북이나 친다.

불볕 아래 종일 나무가 서 있다. 나무는 하늘을 받드는 선지자先知者다. 하늘에게로 향한 집념은 불볕을 어떻다 하지 않는다. 칼날처럼 매서운 엄동설한에도 그랬다. 나무와 같은 일념으로 살고 싶었다. 그러나 말만 번드레하게 내세울 뿐 조금 더우면 선풍기를 확 틀고 샤워를 하면서 어, 시원하다며 더위를 잊으려 했다. 간사한 동물이 인간이라는 말을 어디선가 들었다. 내가 그 지경이다. 부끄러움을 부끄러운 줄도 모르는 잘난 인간이 되어 아버지의 임종마저 지켜드리지 못했다.

나무는 캄캄한 어둠 속에서도 낮에 하던 그대로 꼿꼿하다. 그런데 만물의 영장이라는 사람은 낮과 밤이 전혀 다른 얼굴을 한다. 환한 대낮에는 그럴 수 없이 선해 보이던 사람이었다. 그런데 캄캄한 어둠 속에서는 어둠의 너울을 둘러쓰고 남을 속이고 남을 짓밟고 남을 벼랑 끝으로 처박으려는 음모가 사방에서 엉큼하게 눈을 뜬다. 남의 자리를 노려 등을 처먹는 자가 날이 밝으면 또 가장 선한 척 멀쩡한 얼굴을 들고 거리를 활보한다. 칠면조 같은 인간형이 오히려 득세하고 떵떵거리는 세상 아닌가.

불볕 아래 선 나무는 불볕 아래 서 있다. 여름은 더워야 여름이라는 말을 할까 어쩔까. 나는 그만 입을 다문다.

너덜거리는 벽지

서너 자 쯤 찢어진 벽지가 너덜거리고 있다. 언젠가 본 플랜카드도 길 위에서 찢어진 깃발처럼 너덜거리고 있었다.

너덜거리는 것은 찢어진다. 찢어지고자 너덜거린다. 이렇게 찢어짐과 너덜거림을 보는 눈에 너덜거리는 차림새를 한 품바가 떠오른다. 저고리며 바지는 어디 성한 곳이라곤 한 군데도 찾아볼 수 없는 누더기차림이다. 알록달록하게 분장한 품바놀이꾼은 으레 그래야만 구경꾼의 호감을 더 많이 산다.

피카소의 〈게르니카〉를 떠올린 것도 그 품바 놀이꾼에서였다면 당치도 않는 연상고리일까. 전쟁의 참혹함을 그린 〈게르니카〉를 품바에 빗대는 것은 당연히 어긋난 발상이다. 하지만 황폐하게 망가진 민심, 몰골을 알 수 없게 파괴된 도시구조는 다 망가진 품바 같은 처지와 비슷하지 않나 싶다.

품바가 만약 말끔한 옷차림으로 꽹과리를 치고 사설을

늘어놓는다면 흥미는 전혀 느낄 수 없다. 그러고 보니 분장의 효과가 품바의 생명이다. 내 생각의 뿌리에도 품바 같은 얼크러진 무엇이 있었으면 했다. 저고리인지 바지인지 전혀 구별할 수 없는 옷차림, 눈인지 코인지 문드러진 얼굴이 된 광대의 분장효과는 구경하는 사람의 마음에 절로 박수를 치게 한다. 꽹과리의 낮고 높은 소리의 변주는 인간세상의 희노애락을 불러일으키는 어떤 마성조차 지닌 듯하다.

마음에 차지 않아 써놓은 글을 왕창 뭉개버린 적이 한 두 번이 아니다. 가만히 생각하니 지나치게 밋밋했다. 그 밋밋함에서 글의 깊이를 헤아리기란 터무니없는 품수다. 왜 그럴까 하고 생각하는 귀에 들리는 것이 있다. 품바놀이 마당의 꽹과리소리였다. 꽹과리소리는 한 가지 소리만은 아니다. 높고 낮은 소리 속에 흐르는 소리의 결을 들었을 때 아, 이거다 하고 마음으로 무릎을 쳤다.

꽹과리소리는 해질 무렵의 붉은 놀빛을 닮는다. 그 애틋함을 닮는다. 산기슭을 타고 내리는 해거름은 느린 듯 하지만 그 속에 한 세상이 저무는 소리를 간직한다. 해거름이 진 다음에 떠오르는 둥근 달, 그 달에 꽹과리 소리가 잠긴다. 그 달에서 듣는 강물소리다. 그 강물에 덧없이 흘러가는 나룻배소리다.

꽹과리소리에서 〈게르니카〉를 읽고 〈게르니카〉에서 꽹

과리소리를 읽을 수 있지 않겠느냐. 터무니없는 연상이지만 그렇게라도 하는 것이 품바를 보는 맛이기도 하다. 품바에 휘둘린 나는 뜻밖의 잔잔한 기쁨에 철없이 들뜨기도 한다.

찢어진 벽지가 또 너덜거린다. 폐가의 적막을 드러낸 몸짓이라는 말이 입에 닿는다.

별표

창밖이 캄캄하다. 어둠이란 검은 장막이 세상을 시커멓게 보쌈질을 했다. 다시 보아도 암흑 덩어리다. 암흑과 함께 하는 시간이다. 이렇게 말을 하는데 저 멀리서 별이 아닌 불빛이 보인다.

낮에 본 건너편 산 아래 마을의 불빛이 나 여기 잘 살고 있다는 시늉을 한다. 또 오른쪽 마을에는 십자가의 빨간 불빛이 불꽃처럼 높이 솟아올랐다. 도시에서는 불빛이 보일 뿐 별은 어쩌다 여기 한 점 저기 한 점씩 떠 있을 뿐이다. 불빛이 별을 잡아먹고 별 시늉을 하는 것이 도시의 밤 풍경이다. 거기 길들어 도시사람은 굳이 별을 보고자 하지 않는다. 산골마을에서 바라보는 밤하늘은 쏟아질 듯 눈부신 별천지에 오히려 더럭 겁이 나기도 했다.

어느 지인의 집을 찾아 출입문 밖에 서 있는데 몇 개의 무슨 숫자 끝에 별표를 찍으라고 인터폰이 말을 했다. 별이 나를 안내하는구나 하면서 모처럼 문 안으로 들어설 수 있었다. 옛날 시골집 지붕 위에는 쏟아질 듯 많은 별무리가 눈을 어지럽게 했다. 도시의 집을 찾아가는 현관에는 으리으리한 별이 견장처럼 반짝이곤 한다. 별과는 전혀 인연이 먼 나를 현관문 앞에서 다시 보는 건 좀 머리를 갸우뚱하게 하는 일이다.

어린 손자녀석이 벽에 뭔가를 다닥다닥 붙이는데 빤작거리는 별표 스티커다. 지난 성탄절 때 크리스마스추리에 달던 빤작거리는 별을 손자는 생각하고 있었는지 모른다. 벽한쪽이 갑자기 크리스마스추리처럼 반짝거린다.

도시에서는 은하수를 놓치고 산다. 어찌 그만이랴. 북두칠성, 북극성, 성운의 스펙트럼이라는 말조차 잊은 지 오래다. 별은 별의 세계를 구축하며 별들끼리 오가는 장관을 이룬다. 그러고 보면 별의 세계에도 있음직한 춘하추동을 생각하는 날은 새삼 고개를 들어 밤하늘에 부지런히 눈을 판다.

어느 그림을 보다가 유에푸오UFO같은 별무리를 연상하고 있었다. 누가 천공에서 원반을 던진 것 같았다. 우주 밖의 세계에서 우주 안의 세계로 날아든 원반에 놀란 적이 있다. 놀라면서 산다는 말을 그때 뜬금없이 뇌까리곤 했다.

별의 세계는 어릴 때나 지금이나 놀라움이다. 별표를 찍은 나는 그 놀라움을 찾아가는 길이라는 것을 어렴풋이 짐작하곤 했다. 그런 짐작이나마 하라고 도시의 밤하늘에는 어쩌다 하나 둘 별이 뜬다.

날을 잡아 산골마을에 가서 하룻밤이나마 한껏 별을 만나고 싶다.

월미도

달은 제 몸에 키를 달고 있다. 꽁무니에 매달린 키로 방향조절을 하는 목선처럼 꽁무니로 중심을 잡는 달이다. 꽁무니의 키를 안전하게 운용할 줄 아는 초승달, 그믐달이다.

월미도月尾島를 생각하는 날은 달의 꽁무니가 창문에 걸린다.

아름다운 눈썹[眉]의 상징으로 달을 풀이하는 일도 그다지 어긋난 일은 아니겠다. 밤하늘에 홀로 뜬 달을 쓸쓸함의 상징이라고 의미를 둔다면 좀 소박한 비유다. 지상의 사람들이 흠모하는 달은 눈썹이 갸름하다. 토속신앙은 음력 정월대보름마다 달집을 태우면서 기복을 한다. 달을 숭상하는 아름다움이다. 그래선지 나는 월미도를 월미도月眉島라고 쓰고 싶다.

쇼펜하워가 말한 위대한 사람을 달에 빗대어본다. 위대한 사람은 멀리 있을수록 커 보이는데 가까이서 보면 흠집이 보인다고 그는 말했다. 그리운 달을 위대한 사람으로 여긴들 누가 시비를 걸어올 사람은 전혀 없을 성싶다.

월미도에 가본 적은 없다. 그러나 지금 내 마음 속에 월미도가 있고 월미도 속에 내가 있다며 달 속의 월미도越美圖를 보고 있다. 절구통에 절구질을 하는 토끼를 보고 있다. 계수나무 그늘아래 낮잠을 즐기는 망중한忙中閑에 든 평화로운 꿈을 보고 있다.

　인간의 엉덩이에 달려 있던 꽁지가 사라진 다음 인간은 그가 가야할 방향을 잃어버리고 갈팡질팡하는 세상이 되고 말았다. 내 생각은 옳고 네 생각은 그르다고 고집 부리는 인간은 키를 잃은 독선자일 뿐 타협을 모르는 아집으로 똘똘 뭉친 옹고집쟁이다. 내 생각만으로 뺑뺑이를 돌며 상대를 헐뜯거나 업신여기는 아집과 잔꾀로 윗사람에게 빌붙는 아첨파도 있다. 나 또한 그런 부류인데 아닌 척 혹 넉살을 떠는 좀생이는 아닌가. 월미도는 그런 약아빠진 겉치레에서 벗어나라고 타이르는 듯하다.

　꼬리는 중심을 잡아주는 든든한 추錘다. 추를 잘 잡아야 한다고 월미도가 타이른다. 추를 놓친 인간은 운전대를 놓친 자동차며 기차나 다름없을 것이다. 그런 점 추는 목표를 향하여 가는 방향지시기다. 세월이 흘러도 사라지지 않는 꼬리는 초승달을 낳고 보름달을 낳고 그믐달을 낳는다.

　흔들리는 삶의 중심을 잡아주는 꼬리. 월미도는 잃어버린 중심을 잡아야 한다고 타일러 주는 것 같다.

전자파 세상

한 시간 넘게 지하철을 타고 가는 길이다. 이만한 시간이면 글의 씨앗 하나쯤 얻어걸릴지 모른다. 마음을 활짝 열어두기로 한다.

내 생각을 우습게 아는지 씨앗은 마음에도 눈에도 좀체 띄지 않는다. 맞은편에 앉은 승객의 신발들이 눈에 들어온다. 신발짝이 내 생각을 가로막고 있을까. 운동화 등산화 하이힐 그리고 반질한 신사화 등이 나를 놀리는 것 같다.

러시아의 지하철 안에서는 남녀노소 없이 종이책을 읽는 승객이 많더라, 웬만한 식당 출입은 정장차림으로 예를 갖추더라, 오페라 관객들도 외투를 벗고 말끔한 정장차림으로 입장하더라는 지인의 러시아 여행담이 뜬금없이 머리에 떠오른다.

낡은 신발 같은 나는 신발편이 되어 신발에나 우두커니 눈을 팔기로 한다. 신발을 보는 눈에 그 신발을 신은 사람의 얼굴이 궁금하여 살짝 고개를 든다. 맞은편 사람을 보는 시선은 낯간지럽긴 하다. 반질한 하이힐의 주인공은 자세가 반듯하다. 검은 운동화의 주인공은 이제 막 운동장에서 뛰다가 온 듯 얼굴에 땀이 흐르는 듯하다. 그런데 신발의 주인공들은 스마트폰에만 얼굴을 파묻고 있다. 전자 만능시대는 사람들의 얼굴을 스마트폰이 차지한다.

러시아사람은 우리나라의 지하철 풍경을 뭐라고 할까. 러시아에 비하면 도대체 어디 붙어있는지 분간조차 할 수 없는 국토면적이다. 끝이 보이지 않는 광활한 평원, 빙판으로 가득한 쏜드라지대의 바람을 보라고 그들이 속으로 타이르고 있을지 혹 모른다.

하루는 전기장판을 깔고 따끈하게 앉아 있었다. 그런데 장판 한 귀퉁이에 글자 몇 개가 눈에 들어왔다. 전자파 염려는 없다고 했다. 전자파가 몸에 어떤 영향을 끼치는지 구체적으로 아는 것이 그다지 없다. 스마트폰에도 있다는 전자파 아닌가. 지하철 안이든 어디든 그물처럼 깔린 전자파 속에서 먹고 자는 생활은 전자파로 시작되고 전자파로 끝나는 전자파세상이나 다름없다.

스마트폰 전자파가 글의 씨앗에 어떤 온기가 될 것이라며 나는 가볍게 들뜬다. 전자파를 가득 싣고 전자파와 함께 어디만큼 가고 있는 지하철이다.

향기, 은은한

나무는 바람을 즐겁게 하느라 그러는지 잎과 가지를 연방 흔들어댄다. 그런가 하면 바람은 날개를 쭉 펴는 나무에 앉아 그네타기를 하는 시늉을 한다.

창문을 연다. 나무에 앉았던 바람이 거실 안으로 들어온다. 푸른 나무 냄새로 물든 바람이다. 가슴으로 깊이 숨을 쉬는데 가을 냄새가 은근하다. 단순한 냄새가 아닌 바람에게 향기라는 말을 한다. 가을이 되어도 아무 향기도 갖지 못하고 사는 처지는 나무에게 머무적거리고 바람에게도 물론 머무적거리는 신세다.

산을 타는 길목에서 향긋한 향기와 만나는 경우가 더러 있다. 맞은편에서 내려오는 한 무리의 여성들이 지나칠 때다. 코끝을 스치는 달콤한 냄새를 느낄 수 있었다. 옷깃에 산냄새를 덧칠하고 내려오는 듯했다. 그것이 잠깐이나마 산을 타는 고단한 몸을 가셔준다는 생각이 들었다. 땀으로 범벅이 된 내 몸에서 풍기는 냄새를 생각하면 괜히 낯뜨거워지는 순간이었다.

그런데 땀에도 향기가 있다는 말을 하고 싶다. 시뻘겋게 이글거리는 용광로 앞에 선 일꾼들의 땀냄새다. 얼굴에 몸에 물 흐르듯 매달린 땀방울은 아무나 지닐 수 없는 값진 향기 아니겠나. 샤넬5라던가, 하는 향수보다 더 귀하고 향기로운 것이란 생각을 하면 소중한 노동의 가치가 땀냄새에 흠뻑 스며 있다는 말을 하고 싶다.

부끄러운 노릇이지만 향기 있는 처신을 한 기억은 그다지 없다. 없으면서 있는 척하는 가면을 둘러쓰고 얌체머리도 없이 어영부영 살고 있다. 이런 때는 어처구니없는 너스레나 떨면서 민망한 얼굴을 감추고 있다. 이를테면 너스레라는 이름의 향기라면 어떨까 하고 터무니없는 장난끼같은 망발을 풀어낸다. 못난 노릇인데 이런 너스레나마 떨어야 없는 향기에 조금은 위안이 될 것이라며 스스로를 달랜다.

거실에 들어오던 바람이 좀 잠잠해진다. 바람도 어디 향기를 안겨줄 사람을 찾아 내 거실에는 더 이상 드나들 생각이 없어진 것 같다. 바람에게서도 멀어진 나는 창문을 보다 크게 열었으면 하는 생각을 한다. 그렇다고 떠난 바람이 방향을 틀고 내 창문 안으로 들어올 것 같지는 않지만. 흔들리던 나뭇잎도 가만히 있다. 자연에 순응한다는 생각이 내 안에 꾸물대고 있었는지 어느새 나도 자발없는 생각을 접기로 한다.

평소에 향기라는 덕을 쌓았더라면 나도 미처 모르는 나라고 하는 향기가 주위를 향긋하게 할 것인데 그만 틀렸다. 하지만 그런 생각만으로도 살 수 있으면 그나마 다행이겠다. 향기를 생각하는 것은 향기를 갖지 못한 나를 위로하는 일 아니겠나.

벼[禾]가 햇빛[日]에 익어 출렁거린다고 멋대로 파자破字해 볼 수 있는 향기香氣. 은은하다.